Maria Pourchet

Toutes les femmes sauf une

Pauvert

Couverture : Nuit de Chine

ISBN : 978-2-213-69913-4

« Y a une route. Tu la prends ou tu la coupes. »

Gérard Manset, « Manitoba ne répond plus ».

Du plomb dans la tête

Deux murs violets, disons mauves, deux murs gris, le reste en blanc. Un trépied à perfusion dit encore potence, les règles d'or de l'allaitement (quatre) et, sans aucun rapport, une affiche CGT « personnel de santé, défendez vos droits », le 1er mai. C'est passé. On m'étale sur un genre de toile cirée, entre deux éventrées de la veille. Les chambres particulières tu peux toujours demander mais c'est fonction des places, y'a pas de j'ai payé qui tienne. Ce n'est pas une toile cirée mais un drap, l'odeur c'est normal. À mes pieds, le berceau qu'il ne faut pas renverser, toi dedans, une étiquette dessus : Adèle. Je suis collante, évidée, plus près du fond que jamais. Je connais quelque chose comme la terreur d'un naufragé, et sa fatigue. Je cherche un truc, n'importe quoi, qui ressemblerait à qui je fus, la veille encore. Je n'aperçois ni mon visage, ni mon sac. Désormais la fin du monde commence à midi.

Juste avant, il y a ma mère. Et encore avant, sa mère, et la mère de sa mère, et toutes les filles avant elles. Les fortes, les pas faciles, les tondues, les mauvaises, les tordues, les saintes, les pendues au téléphone, les paysannes, les reines d'Angleterre, les presque belles, les trop, les Carmen, les battues, les conscientes, les increvables. Et le berceau qui n'a rien demandé. Ou peut-être que si. J'ignore après tout ce qui gouverne la chute des âmes.

Tu l'as voulu, tu l'as eu.

Ma mère vient de raccrocher, je l'ai appelée avant tout le monde sans quoi ça me retombait dessus. *J'ai pas eu de nouvelles. Je suis qui ? Une étrangère ?* Tu parles, des nouvelles, elle pourrait tenir deux ans sans en prendre. Personne ne t'oublie comme elle, ne t'obsède comme elle. Elle ne viendra pas à la maternité, elle ne veut pas. La route, la météo, les autres, les cochonneries qui traînent à l'hôpital et surtout la vérité : tu la vieillis, elle voudra t'ignorer. Je lui raconte l'accouchement. Raconter c'est toute ma vie, mais là je n'en rajoute pas. Un malaise, un déclenchement, dix heures, un échec, rebelote, encore huit heures, la douleur, une hémorragie, la syncope mais enfin tu es là. Immobile et loin au téléphone, les mots depuis toujours agissant à sa place, elle a dit :

J'en étais sûre. Tu as raté ça. Tu n'avais pas préparé ?

Moi, gamine suicidée et toujours suicidaire articulant encore une phrase à propos du bébé posé sur le sein. Je veux dire ce calme inouï, inhumain, qui le prend quand il touche la peau et qu'alors, l'écouter respirer c'est entendre le son de la mer au fond d'un coquillage. Je voudrais qu'elle s'en souvienne.

Elle était shootée, pas calme. Avec toute la péridurale que tu lui as envoyée pour ton confort. Enfin tant pis, c'est fait.

Voilà, à la virgule près. Sinon c'est broder.

J'ai entendu pire, surtout d'elle. J'en ai enterré d'autres. Mais la fin vient comme elle veut, et c'est maintenant.

Elle a déjà oublié. Elle jurera sur sa tête couronnée que j'invente. Cette imagination tarée vouée à détruire les siens, elle ne demandera pas où je l'ai prise, elle le sait. *Ton père aussi, il invente*. Elle dira que je mens, pour tout. Mais ça n'a pas d'importance, c'est moi qui écris.

Visite d'une femme en vert. Ne vient pas décoller le tract périmé mais demande si j'allaite. Non. Insiste. Ai-je réfléchi ? Oui, depuis mille ans. À vide. Puisque dans une mare de sang, de pisse et d'eau je viens d'apprendre la vérité : je suis un animal. *Ce qu'on transmet ainsi, c'est capital, madame*, arbitre la fille, avec son vert, avec l'histoire pour elle, la science pour elle. Puis-je ignorer si je suis là la tradition des lieux ? Puis-je ignorer surtout que tout commence par le lait ? *Vous la privez.*

– Et pour la chambre ?

– La chambre c'est moins important.

Et de se barrer, comme ça. Verte. Les femmes ne sont pas maladroites, Adèle, pas fatiguées, pas toujours. Elles sont méchantes avec toutes les excuses de la Terre. Tu les entendras répéter les mêmes sentences, s'adressant à la défaite les unes après les autres, sans merci, sans relâche. Ça fera partie de la rumeur du monde. Ne t'étonne pas, ne t'arrête pas.

Rien ne commence par le lait, tu sauras ça, hors pour les bêtes. Chez les animaux que nous sommes, fous du désir de parler, ça commence par la catastrophe de la langue. Les mots qu'on nous dit, les phrases pour nous assommer, les phrases pour nous gouverner, les phrases pour endormir, interdire, séparer, les phrases pour reproduire. Une fille après l'autre tenues par la langue que désormais je m'occupe à défaire, comme leurs tricots qui grattaient à mort. À côté du berceau, qu'il ne faut pas renverser, le tien, qui me terrifie, j'énoncerai, des jours durant, la langue d'où l'on vient, les femmes avant toi. Cata-log. Je voudrais que tu n'en gardes presque rien.

Je ne sais par où entrer dans ce bavardage qui n'a ni fin ni commencement, prononcé depuis toujours. Supposons qu'il ait un début.

Regarde où tu mets les pieds.

Ne réclame pas.

Ne te fais pas remarquer.

Tu la vois celle-là ?

Tu l'as pas volée.

Ça t'apprendra.

Quoi ?

C'est pas des gens bien.

T'avais qu'à travailler.

Tu vas le payer.

Garde tes distances.

Ne prends pas tes aises.

Pour moi, c'est terminé. Je suis depuis trop longtemps déjà la somme de leurs phrases. Je suis au mieux la distance parcourue pour les fuir. J'ai assimilé. Je suis ce que ces phrases ordonnent. Je suis le crime parfait du langage.

Reste à ta place.

Reste pas dans mes jupes.

Arrête de penser à toi.

T'en veux une autre ?

J'en oublie. De ces mots qu'on écoute jusqu'à ce qu'ils vous terminent et ne laissent rien qu'une femme qui se tient. Qui doit. Qui reste.

Ainsi commence la langue que tu n'apprendras pas, je le jure. *Si tu veux, tu peux.*

Ce n'est pas une histoire mais il s'agit bien de littérature. La pire. Les formules, la langue prête à dire, formée par tout le monde pour personne, les phrases pour agir vite et profond, les horreurs à parler d'un coup, celles qui dépassent la pensée mais c'est faux. Celle qu'on pourra toujours dire qu'on regrette. Celle du bout de la langue de pute, qu'on n'a pas vue partir, pardon, mais qu'est partie quand même. Celle qu'on répète parce que ça marche. Des phrases avec rien à répondre, surtout.

Réapparition du personnel en vert augmenté d'un flacon gradué, d'une tétine. Demi-tour du personnel, insistant parce que c'est faux : *c'est comme vous voulez.*

J'ai mal partout et surtout là. Quelqu'un doit m'apporter une bouée de plage pour m'asseoir. Ici on n'en donne pas, non, vous imaginez, une bouée par lit, le coût, le bazar. Je cherche où commence la parole, l'origine du massacre qu'elle poursuit. Je suis lasse. Je voudrais approcher le français sans qu'il se fracasse, pour une fois, sur l'ironie ou la syntaxe.

Je retire la nourette de tes lèvres minuscules. Tu as trop bu. On m'avait dit mollo, quinze millilitres, pas vingt. J'ai encore dépassé les bornes. Je pensais à autre chose. À moi.

T'as tout faux.

Va falloir prendre du plomb dans la tête.

Commençons n'importe où puisque plus rien n'est à sa place, le début viendra plus tard.

N'importe où, il me reste de mon enfance le bruit que font les femmes entre elles à propos des absentes. Quelqu'une dire d'une sœur *elle boit comme un bonhomme*, personne ne demandant pourquoi, une autre déclarer qu'elle pue, plaindre ses gosses, son mari, *un qui trafique des bagnoles*, qu'est *pas beaucoup mieux*, qui lui a volé sa jeunesse et *appris la bouteille*. Un feignant, qu'une queue de vache lui poussait dans chaque main, *queue de vache, t'es bien bonne, moi j'appelle ça un manche de pioche*, mais un qui méritait pas ça. Elles causent, regardent tomber celles qui tombent avant elles.

C'était pas faute de l'avoir prévenue.

Au moins c'est pas le travail qui l'a tuée celle-là.

La vaincue *dort dans le lit qu'elle s'est fait* tandis qu'elles, les indemnes, pas touchées, pas fauchées, commentent. À leur quiétude suffit la fierté qu'elles y prennent. Si l'on n'a pas bu, pas ri, pas joui au moins l'on est digne. De quoi ? De finir comme les étés finissent, séchées, *plantées devant les fourneaux.* En attendant elles parlent, n'entendent pas, les cancers minent un corps après l'autre. Elles y laissent leurs ovaires, leurs cheveux, leurs fameux seins. Elles ne veulent pas que ça s'arrête. Là d'où l'on vient, ma fille, tu entends que les hommes quittent les bonnes femmes parce qu'*elles le méritent.* Ceux qui restent c'est pour mourir avant, laissant derrière eux des épouses acides, encore fières de leur vaisselle, de leurs fils installés à deux cents mètres avec une demi-situation, une voiture, un projet de piscine, un barbecue. On dira du bonhomme mort qu'elles *l'ont usé*. Ce sont des femmes qui parlent. Qui jouent aux cartes, dirigent les servants de messe, commandent un foie de veau, demandent *à part* un os pour le bouillon et qu'on leur garde un lapin pour dimanche, *avec la tête*. Et moi qui joue sous la table, qui passe par là, la boucherie, l'église, j'entends.

Ce n'est pas n'importe où. C'est selon les saisons une vallée frémissante ou lourde qui semble toujours craindre quelque chose qui vient. Un cri, le froid, les cerfs. Là-bas, rien ne se confond avec quoi il voisine. J'en garde des images adverses d'un âge vécu dans les contraires. La neige contre la boue qui l'éteint, les cultivateurs contre les terres qui les déçoivent, mon père contre ma mère, ma mère contre les idiotes, les vipères contre nous, le gel contre les fruits et les ouvriers en silence contre les capitaines, les enseignants. Et les fils de ceux-là tournant le dos aux fils de ceux-ci, dans les monastères défroqués en lycées où les blancs vont avec les blancs, comme dans la dernière colonie. Juste s'embrassent, à l'endroit où l'air vire au gris-bleu, les cimes des forêts avec le bas du ciel et la fin des montagnes. Et parfois, sur la route qui fend de bas en haut mon village, passe un homme à cheval. Tout le monde le connaît, pas moi ou j'ai oublié. Là aussi ça faisait corps et c'était beau. Mais c'est tout. Enfin pour moi, c'est tout.

Le dimanche elles sont là à gueuler leur credo qui parle d'homme unique et de consentement aveugle. *Credo in unum Deum, Patrem omnipotentem, factorem caeli et terrae, visibilium omnium et invisibilium*. Elles voudraient qu'on l'apprenne. Après le credo, l'épicière grimpe sur l'autel pour postillonner les Évangiles en visant quelqu'un, la salope ou l'ivrogne. Ne cherchons pas ma mère ici, ça fait longtemps qu'elle ne vient plus plier les genoux entre deux mégères. C'est mon père qui nous y traîne, comme partout. Dans les champs, les lacs de montagne, n'importe où pour fuir la baraque. Ma mère n'est pas là, on parle d'elle. On la trouve arrogante, *pas commode* et au fond, trop intelligente pour le contexte. *On n'est pas assez bien pour elle ?* Je le prends pour moi, je m'excuse. Je dis qu'elle est fatiguée. Je n'entends pas qu'on répond *encore ?*

Tandis que je t'écris, Adèle, les mères de nos mères, couchées, voudraient s'éteindre, enfin *lâcher la rampe*. Il y a bien longtemps qu'elles se sont tues, aux premières questions. Partout les enfants demandent, un jour ou l'autre, pourquoi ils marchent dans cette merde d'aussi loin qu'ils se souviennent, quelle est la loi qui les condamne à rester, à picoler, à échouer. *Cause toujours*, elles avaient décidé, bien avant nous, qu'elles ne diraient rien. J'imagine à la place les secrets mornes des pauvres. Des gens trompés, des choses pas payées, des enfants cognés, perdus, des femmes *laissées sur le carreau*. Des histoires de terre et de ferraille, des arnaques à leur patience, des fils partis marquer l'histoire en Amérique, débarqués morts. J'ai voulu des détails, tu sais, mamie, j'écrirai des histoires. Mais que dalle.

T'es bien comme ta mère, toujours à causer.

Ça, pour critiquer.

T'en poses des questions ! T'as rien à faire ?

Alors on ne demande plus. On fait quelque chose. On fait partie du tableau. Toutes les femmes. Sauf toi.

Qu'est-ce qu'elle fout encore là celle-là à bayer aux corneilles ?

J'accouche.

Ce livre blessera. Je l'ai retenu, j'ai serré les dents, j'avais les jetons. C'est passé. Je n'ai plus peur, c'est différent. Je n'ai pas le choix.

Attends-moi là

La langue commence à 6 ans. Avant je pouvais croire que tout le monde m'aimait et encore avant, j'étais sourde. À 6 ans, je ne tiens dans la rue la main de personne, c'est en tout cas la mémoire de ma main. Pour éviter les bagnoles, on me tire par la manche. *Regarde où tu mets les pieds*. Je rive les yeux aux nuages, je marche dans la boue, *quand on dit merde c'est qu'on en est*. Je souille les chaussures que je ne voulais pas porter. *Tu fais exprès ?* Oui. *Tu peux courir pour en avoir d'autres*. Les nuages ont des formes d'afriques et de chiens. Quand on dit merde, c'est qu'on combat.

Il me reste de mon enfance l'épreuve permanente du retard. Jamais là à l'heure où sont déjà les gosses de mon âge. À l'école, dans la flotte municipale, la kermesse. Toujours ailleurs, presque arrivée. Sur le bord de la route, le pas de la porte, l'entrée du garage, j'attends *ma mère qui n'est pas à mon service*, tandis que les autres commencent quelque chose, quelque part, sans moi et ne m'attendent plus. Une heure, deux heures, trente ans. Je suis quelqu'un qui n'est pas au rendez-vous, jamais. En avance, en retard, à deux pas, pas loin de tout, je passe mon tour. J'aurais voulu être une flèche.

Il me reste de mon enfance des impressions d'école. L'odeur d'encre et d'alcool des ronéos, la cloche, les cris, et la rudesse à mes paumes d'une façade brutalement crépie. Elle est blanche, repeinte chaque année. À son fronton, qu'on n'oublie pas le progrès, demeure une demi-vérité: «école de garçons». Une église du XIIe la surplombe et dans l'ombre du clocher roman, la République qu'elle incarne n'a l'air de rien. Entre l'école et l'épicerie, une friche de bitume, on dit la cour, éparpillées dessus, les daronnes, les vraies: la main sur la poussette une demi-heure avant la sonnerie, une tranche de cake dans un sachet. *Pour la galerie*, dit ma mère. Ça sonne. Giclée de gamins aussitôt couverts de baisers alors qu'ils puent la peinture, la pisse, la carotte mais c'est toujours un triomphe de les voir revenir. Elles n'ont qu'eux. Elles ne travaillent pas, personne n'embauche, tout ferme. Je dénonce un camarade au passage, ça défoule. Fabien il est pas encore sortie madame, il essuie le tableau parce qu'il est puni. Il a mordu.

Rapporteuse ! T'avais promis.

Absolument pas.

Adèle, tout ce que je rapporte ici fut dit. Je n'ai plus d'imagination, je suis à bout. Chaque phrase est exacte. Mais ce qu'elles tissent ensemble est une légende que je n'assumerai pas. Les formes qu'elles dessinent me dépassent, aussi vraies qu'un cauchemar. Je suis quelqu'un qui raconte, qui n'y sera pour rien. Qui fait des ravages. Qui n'avait rien promis.

Les daronnes me regardent. C'est qui cette gamine qui attend toute seule ? La fille de.

Tu m'en diras tant.

Elle a pourtant que ça à faire, sa mère, à cette pauv'gosse.

Elle disait que j'aimais ça, qu'on me traite de pauv'gosse.

Tu te mets en scène.

T'es obligée d'attendre sur la place ?

Une heure, deux heures. Les mères repassent, pour l'épicerie, pour l'office, pour mater. Il fait nuit noire ou claire, selon la saison. *Elle n'est pas arrivée ta maman. Je te ramène ?* Je voudrais monter dans cette caisse, vers cette maison où la mère fait des lasagnes, ça se lit dans ses yeux. Je dis non. Je risque trop gros. Je l'ai déjà fait et je l'ai humiliée : *à cause de toi les gens vont parler.* Je l'excuse. Je dis aux daronnes que la mienne est d'une autre espèce. *Elle a des choses à faire. Plus importantes.* Elle me l'a dit, je la crois. *Je dois l'attendre.* Et, doucement, l'injonction devient ma nature. Je peux attendre longtemps sans protester. Des signes, des réponses. Des hommes, une nuit entière, qui l'ont pris pour eux.

Une infirmière vient mesurer ma tension. 9,8, *c'est pas brillant.* Plainte mate des sabots en caoutchouc. Toile ample et verte. Elle nage dedans, c'est dommage, elle paraît fine dessous, tendue. Maquillée, coiffée, parfumée, un chignon impeccable dégage de minuscules oreilles. À l'orée des lobes la marque des anneaux et du règlement : ni bijou, ni cheveux libres. Elle est jolie, la plupart ici le sont, même les vieilles, quelque chose les enfle de jeunesse, peut-être les naissances. Ou alors on fait exprès. On les prend comme ça, comme dans les avions.

Disparaissant, elle aligne sur mon chevet une théorie de ces minuscules biberons à usage unique, prêts à servir à température ambiante. C'est formidable, ces burettes, il n'y a rien à faire, simplement dévisser.

– Le sein aussi. Vous avez mal ?

La montée du nectar, chez l'égoïste refusant qu'on la tète, s'accompagne d'une vive douleur, il y a une justice. Il y a aussi un cachet.

– Vous ne l'avez pas eu ?

Et me quittant elle termine :

– Il fallait demander.

Nous y sommes.

Ne demande pas, c'est moi qui donne. J'ai obéi, j'attends toujours. Un homme, du fric, une bouée pour m'asseoir et mon cachet. Celle qui m'a parlé ne revient pas. J'ai un téléphone pour demander, il faut faire le un. Un. Personne. Mes seins sont tendus, tu cries, tu ne me connais pas. Et si je te collais dans les bras d'une autre, tu verrais la différence ?

Une femme en rose, beaucoup plus jeune, vient beaucoup plus tard, s'étonner qu'on m'ait privée si longtemps du comprimé pour vaches indignes et me l'apporte en trois secondes. Elle est gênée. Elle dit c'est une méprise, c'est pas courant. Bien sûr que si. Les femmes entre elles font l'objet de méprises. C'est pour ça, ce foutoir, Adèle. Les hommes d'accord, les hommes sûrement. Mais la haine que les femmes vouent à leur genre, tu verras.

Où en étais-je ? Sur la place où depuis des lustres je me gèle. J'attends et je m'arrache. Je traverse à pied le village.

T'avais besoin de traverser le patelin pour qu'on dise la pauv'gosse ? Ou bien elle arrive enfin. *Quoi ? Je ne suis pas ton taxi*. Je ne fais pas mes maths. Pour travailler il faut disparaître et si je disparais elle me cherche. *T'es à l'hôtel ?* Au fond tout le monde s'en fout, qu'une fille sache compter. Je me cache ou je rends service. Je lis à me trouer les yeux.

Et moi tu crois que j'avais le temps de bouquiner ?

T'as rien à faire ?

Fous-moi le camp.

Ma grand-mère :

Celle-là faut toujours qu'elle prenne son temps !

Cours.

Elles diront que je mens. Mais ça n'a pas d'importance. C'est moi qui écris, c'est toi qui écoutes.

Un adulte quelconque, pour éviter de réfléchir, me déclare *en avance*. Comme ça, sur la base de rien, pour expliquer *bien des choses*. Je me prends dans la face toutes vérités que les gens avancés peuvent encaisser et puisque c'est trop tard pour être normale, j'essaie de redoubler. Je ralentis la cadence. Pour être au rendez-vous, je sèche, je manque à l'appel, *je réponds*.

Ça t'avance à quoi d'être collée tous les mercredis ?

Au rendez-vous, je n'y serai jamais. On force chaque année le passage vers la classe supérieure, je suis un cancre auquel personne ne croit. *Elle se débrouillera. Il suffit qu'elle le veuille. On ne s'inquiète pas pour elle.* Manifestement.

Mon temps, je ne l'ai jamais retrouvé. Sinon dans l'écriture, qui l'annule. Je cours ou je m'effondre. Je suis une femme de peu de souffle.

Mais depuis, avec ou sans air, je traverse. Ce qui me tue n'est rien en regard de ce que j'espère. La littérature. Là d'où je viens, Adèle, les femmes sont des ouvrières qui épousent des ingénieurs puis restent des ouvrières, au mieux devant la télé. Je saurai plus tôt que n'importe qui qu'il s'agit de changer de condition. Il y a des routes à prendre pour couper la mienne. Il y a pute. Mais il faut être désirée. Il y a le mariage mais c'est du suicide. Il y a diplômée. Je veux dire vraiment, pas la fac à ploucs, les grandes écoles. Mais j'ignore que ça existe, ici on n'en parle qu'aux garçons et encore. Je crois, j'ignore où je l'ai pris, qu'une condition élève à jamais : écrire. Les pauvres femmes sont penchées sur les éviers, la terre, les bites, les bassines, les mômes, les poules. Une femme penchée sur un cahier, c'est un homme. C'est un homme et personne ne l'emmerde. Ainsi, depuis trop longtemps pour pouvoir désormais en guérir, je conçois ma vie dans une ahurissante limite qui, presque, m'interdit d'habiter ma propre chair. Mais toi, Adèle, mon enfant de la fin de l'hiver, tu sauras : une femme penchée sur son art, c'est naturel.

Fous-moi le camp

Tu ne dis pas chez moi. Tu dis chez mes parents. Chez ma mère.

Adèle, on n'est pas là pour juger. L'enfance de ma mère est une maison pleine comme un œuf, sept enfants rivaux ventilés sur trois pièces, à se disputer l'air. Elle a dû rêver, pour tenir, du jour où, dans ses quatre murs, elle serait retirée, unique. Elle ne supporte plus, ou pas longtemps, le voisinage d'une gamine. Que ce soit la sienne, ça change quoi.

Tu es chez moi.

Je ne pourrai pas traîner ici. Je sais à 9 ans qu'on me fout dehors. Je suis déjà une paumée.

À 18 ans vous aurez intérêt à déguerpir.

Vous, c'est moi et mon frère

Mon frère et *moi !*

Et s'il n'y a nulle part où aller ? Qui voudra de moi puisque de moi ma mère ne veut pas *dans ses jupes* ? La peur me coupe les pattes. Mon avenir se présente comme la ruine : quand mon père aura disparu, je vivrai sous un pont, je mourrai vite. J'imagine des accidents, la gosse qui traverse au feu rouge, le ramassage scolaire et paf. Et la suite aussi. L'enterrement, mon frère qui mesure, déçu, la vacuité du monde après moi. Ça m'occupe des heures, ça m'attendrit. *Elle avait quelque chose cette petite*, dit toujours quelqu'un sur ma tombe. En général une prof. Ou la libraire.

En attendant la maison j'en profite, c'est quelqu'un sur qui compter. Elle a des combles hors d'atteinte, des entresols inexplorés où doivent encore pourrir des livres et des confitures entassés là par une gamine délirante, en cas de furie ou de détraqué. Si quelqu'un en armes venait tous les descendre, ça arrive dans ces déserts, il ne me trouverait pas. Au hasard des mercredis, elle est parfois déserte, conquise pour moi seule. Alors, éclate une joie que personne n'a jamais vue. J'épuise un 33 tours de Daniel Balavoine, repassant dix fois l'aiguille sur les mêmes sillons, dix fois il crie comme un sourd Alors je serai vieux et je pourrai crever, je me chercherai un Dieu pour tout me pardonner, je veux mourir malheureux pour ne rien regretter. Je crie plus fort que lui. Je danse. Cette forme pâle qui tourne sur elle-même, monte sur les chaises, en a pété une, c'est moi. Je veux mourir malheureux pour ne rien regretter, bientôt le 33 tours est foutu.

On n'a déjà que trois, quatre disques, il faut qu'elle nous les bousille !

Après, vidée par mes vocalises, je fouille. Je retourne les tiroirs, tout ce qui ressemble à un coffre. Je cherche des réponses, des documents, des objets bizarres, une piste à suivre pour connaître mes parents ou les inventer mieux. Ma mère s'étonne du boxon dans les commodes. *T'es encore allée fouiller, piquer des choses.*

Je sais qu'elle était à nous. Mes parents avaient acheté le terrain en empruntant tout, ne restait pas grand-chose pour la construire. Ça avait pris son temps. L'étage du haut était resté dix ans à l'état d'hypothèse, comme la paix, et dans l'ensemble les matériaux, d'après ma mère, étaient merdiques.

Ton père, il s'est encore fait avoir.

Le soir, elle est éclairée comme une lanterne magique et mon père en rentrant éteint tout, gueule qu'on la voit scintiller à trois kilomètre. On ne peut pas, au prix du courant, raisonnablement illuminer le patelin. Et le lendemain même combat, et un jour il est parti.

Je doute que mon frère ait vécu, pourtant à mes côtés, la même débâcle. C'était sûrement mieux, sûrement qu'il s'en foutait davantage, des parents, de leur douleur, de la maison qui pourrait cramer d'une ampoule surchauffée. Au pire attendait-il que ça se tasse, fourré chez Kipling, Conrad, dans une histoire d'îles, de territoires. Sûrement que ce n'était pas son problème et qu'il l'aura prise, son enfance, tandis que je tenais, à peine debout, le rôle du témoin.

On ne t'a rien demandé.

On ne sait pas ce que les gens racontent.

Les gens s'en foutent mais dans la solitude qui rend crédule, ma mère s'imagine qu'ils parlent d'elle, de nous. Elle s'enterre. *Ne ramène personne.* Quelques gamines échouent pourtant, à l'époque, dans la maison lanterne, une fois par an. Des curieuses, flanquées de mères assez ternes, assez gentilles, pour ne pas terroriser la mienne. Je les accueille et je les jette, avant qu'elles s'aperçoivent de leur erreur : moi. Je suis brutale. Je manque d'amour.

Ici, on ne connaît des autres que la distance qui nous en sépare. *Tu n'aurais rien à leur dire.* Dommage, à 10 ans, j'ai appris des mots pour une vie. Poubelle. Remarque, les autres non plus ne semblent rien avoir à me dire. À voir leur gueule quand je débarque en classe, à peu près en nage, avec mon cartable orthopédique, ma demi-heure de retard ou plus, ma tête à claques, une dégaine générale à rester chez soi. L'instit, qu'est belle, qui se maquille, qui ne sait pas, qu'est aveugle ou qui fait semblant: *toujours à vous faire remarquer, mademoiselle.* C'est la meilleure.

De vous à moi, la distance est bientôt un gouffre, et c'est trop tard. Le franchir m'anéantit en trois, quatre allers-retours. *Qu'est-ce qu'elle veut celle-là? T'as vu sa touche? C'est quoi tes pompes?* À chaque fois j'y perds l'idée fragile que j'ai de moi. À 13 ans je ne bouge plus, rêve récurrent de chaise roulante. Un mensonge me dispense d'éducation physique, je me dispense, moi, d'apprendre le reste. L'école c'est les autres, apprendre c'est l'avenir et qu'est-ce que tu veux que j'en foute. Je tue le temps parmi les arbres, les livres et les fantômes de mon siècle préféré, le XIXe. Surtout la fin quand les hommes étaient inconsolables et les royaumes, derrière. À 15 ans, dans un jardin je vole un chat pour tenir. *Qu'est-ce qu'on va faire de toi.* À 16 ans, je vieillis à toute allure, le regard braqué sur un passé immobile où, depuis des lustres, la petite fille *mal fagotée* attend sur la place. C'est vide. Mais faire face, c'est pire. Devant se dessine le combat qu'on mène pour finir comme sa mère. Alors, j'ai peur de tout et je ne veux rien. Peur d'essayer, de parler, de *me lier*, comme elles disent. Pour ne pas échouer, je m'enferme. Pour ne pas choisir, je renonce, avant même de savoir à quoi. Je ne supporte personne, sinon pour la promesse d'une solitude plus parfaite, une fois claquée la porte sur leurs faces interrogées. Je suis comme ça, Adèle, planquée.

Ça ne s'est pas si mal passé. Tu l'as mal vécu.
Et alors, si c'est moi qui ai vécu.

Tu n'étais pas malheureuse, tu t'inventes. Tu as oublié.

Je n'invente pas, je sélectionne. Dans les livres, il faut aller à l'essentiel : les gens sont ce qu'ils disent et pas tout ce qu'ils ont fait. C'est comme ça, c'est dégueulasse.

Elle dit, ma mère, *moi je sais*. Elle est la seule à savoir et moi je me fatigue, moi j'ai oublié. Tandis que je me tape la tête contre les murs, elle déroule la légende de l'amour, parle d'étreinte, d'accompagnement, d'efforts et le bourreau, c'est moi, depuis toujours. Moi qui refuse, moi qui la flingue, qui *n'écoute rien.* Moi qui lui vole le père, le frère.

Tu n'as jamais su rester à ta place.

Moi qui lui prends tout, des bijoux, des livres, des disques, des vêtements, un inventaire d'objets que je n'ai jamais vus, mais qu'elle ne retrouve pas. Si elle l'a perdu c'est moi qui l'ai pris. Pour les livres c'est vrai. Ils m'appartiennent tous. C'était décidé bien avant elle et ce n'est pas discutable.

Je veux te laver. Je demande, polie, une infirmière qui, non moins polie, m'envoie paître. C'est trop tôt, la règle est de laisser l'enfant dans sa crasse. D'accord. Ça commence tôt. Une autre accepte et, berceau poussant, je rallie la pouponnière. Pouponnière, le terme est très doux, ça s'arrête là. Des baignoires comme des pupitres, on te regarde te débrouiller, c'est l'école. La plus tapée ricane, ostensiblement, se fout des éventrées maladroites, il faut la comprendre : elle a dû faire la nuit, elle est mal payée et puis ma gueule sûrement. Cet air que j'aurais, paraît-il, de celle *qui s'y croit.*

Allez, t'auras pas toujours une demi-heure !

Je ne vais pas assez vite, il s'agit de libérer la place. Elles sont une grappe. Des jeunes et des vieilles qui veulent montrer aux jeunes. La ricanante s'approche, attrape la bretelle de ma salopette qui tombe dans le bain et qu'on l'entende :

Range-moi ça.

On va pas y passer la journée.

Dans ma cervelle cramée par la ponte une repartie voudrait se former, je la sens, je connais bien ces préludes gazeux à la réplique. Une seconde, quelqu'un va se faire rembarrer. Blanc. Qu'est-ce qui m'arrive ?

Allez hop, elle prend froid.

Elle va trop vite, je n'ai rien vu de la façon dont elle a nettoyé le cordon, séché, remballé. Elle n'a qu'un message à me faire passer, que je connais bien : je l'agace et ici, la patronne, c'est elle. Si le cordon s'infecte, on s'en fout. Adèle, je commence à furieusement vouloir te sortir de là. Moi d'abord, j'avoue.

Dans la chambre, je gare le berceau translucide, m'effondre comme je peux, détaille les taches au plafond. Et le mauve. Et le blanc. Et la déco. Et « Personnel de santé défendez vos droits ». Et quand vous aurez cinq minutes révisez les nôtres. Le téléphone vibre bêtement comme si j'étais encore du monde où l'on décroche. On m'annonce une visite. Manquerait plus que ça, un fasciné avec une cinquantième grenouillère sous-taillée me dira que c'est merveilleux. Foutez-moi ça dehors.

Elle est sauvage cette gosse.

Je le suis. À 13 ans je rencontre un hêtre, roi du bois qui sépare la maison du village. Tandis qu'on ne me cherche pas, je lis entre ses racines, tout Maupassant. Qui inlassablement décrit une vie en Basse-Normandie. Inlassablement la mer qui charrie des corps de fiancées et des poissons imbouffables. Inlassablement la même fin : les femmes s'ennuient jusqu'à mourir, avec ou sans enfants, dans des maisons comme des caveaux, des musées. Dehors les hommes baisent les autres et comptent les sous. Je ne lis rien de plus plausible à cet âge. Je compte là-dessus, faute de mieux. Les femmes s'ennuient jusqu'à mourir, avec ou sans enfants, dans des maisons comme des caveaux.

À 16 ans je renonce à en finir, mais pas à l'inertie.

Tu t'ennuies ? Il n'y a pas assez de livres ? La forêt n'est pas assez grande ?

Je n'apprends rien. J'attends d'une attente à broder des licornes, j'attends comme on n'attend plus depuis des lustres, depuis le temps des emmurées, de la Terre plate.

J'ai attendu jusqu'à devenir une femme qui écrit.

Non il n'y a pas assez de livres et la forêt n'est pas assez grande. Si j'y reviens, je parle. Les oncles dégoûtants, leurs pères, des petites filles souillées, les foules à fermer leur gueule, les amnésiques, parce qu'*avant 68, c'était normal tout ça*.

Tu ne pleures plus. Je t'ai passée à trente millilitres d'instinct. Je dirai que j'ai renversé. Évidemment, c'était ça. Nous sommes des affamées. Je ne trouve pas de repos. Sur le ventre, impossible, il est plein d'eau, n'est plus à moi. Sur le dos, mes vertèbres dans le désordre, un supplice.

– C'est l'effort de la poussée, c'est normal. Vous avez essayé de vous asseoir ?

S'asseoir c'est écraser des chairs enflées, barbelées, c'est faire des taches.

Arrête de te plaindre, c'est magnifique.

Tout est normal Adèle, et tout est magnifique. Surtout toi.

T'es mal barrée

La veille on m'a traitée comme un mammifère, pas plus. Je suis venue pour un malaise vagal et j'ai raté mon accouchement. *On va vous déclencher, puisque vous êtes là*. Je ne suis même pas capable de mettre normalement bas, je m'en doutais. Ma mère aussi.

Adèle, je me suis laissé priver de toi qui t'annonces et qui viens quand tu veux. Les contractions artificielles qui t'ont surprise, secouée, me hantent, j'aurais dû te défendre. Je t'ai fichue dehors parce qu'on me l'a dit. Je suis pire qu'elles. Tu vois, je prends déjà la route, je te fais mal. Encore un peu je te collerai des claques dans la gueule, sûre de mon coup. *C'est pour ton bien.*

9 heures. On déclenche la dame d'hier soir, on n'a pas que ça à faire. Première tentative. J'attends comme je sais faire, comme

une conne, toute la journée. Je me fais couler un bain, j'en sors, je souffre. Des heures. Au départ quelqu'un passe et mesure le col.

Vous ne faites pas le travail.

La vie ne change jamais de disque.

18 heures. Plus personne ne vient depuis un bail, je pense que *c'est normal.* Je suis dans l'empire des femmes et femme je n'ose déranger. On m'oublie, on me l'avouera plus tard. Un changement d'équipe, une feuille volante envolée, quelqu'un n'a pas dit à quelqu'un d'autre que quelqu'un attendait dans cette chambre.

J'attends quasi le tour du cadran, persistant à trouver que *c'est normal*, je douille sans effet. Le produit ne fonctionne pas. Il en eût fallu un autre, plus efficace, mais trop tard.

– Si vous n'appelez pas, *on ne pouvait pas deviner*.

La voix dans ma tête, qui ne s'est jamais tue, s'accorde aux leurs. Toutes contre moi.

Tu énerves. Tu es arrogante. Les gens te font payer c'est normal.

Ça t'apprendra.

Tu t'es encore crue au-dessus.

Je n'appelle pas. Je suis dans cet état second, entre la peine et la défonce, du fond duquel ne montent plus les cris. Il est 23 h. Je panique. J'appelle. On va venir me chercher pour, je cite, me monter en salle de naissance. Je rappelle. On m'a encore oubliée. En salle de naissance, on m'invite bientôt à y monter toute seule, véridique, c'est un soir difficile, comprenez. Normal, me dis-je, plus clébard que jamais et j'emprunte le monte-charge. J'y croise un père hébété, l'air de songer à toutes les options, jeunesse, célibat, argent, Californie, qui hier encore s'offraient à son individualisme indécis. Une infirmière, en rose, cernée. En haut, je m'effondre, je dis madame ça fait trop longtemps, j'ai peur de ne pas avoir la force d'accoucher.

Pourquoi vous dites ça ? Faut pas dire ça.

En rhétorique, ça s'appelle le plan énonciatif. À moitié nue, affamée, déclenchée, terrifiée on me demande d'où je parle. *J'ai pas le temps moi. Qui vous a dit de monter ?*

Le dieu qui nous a donné la parole nous a surestimés. Sur ces avis créationnistes qu'à part moi je n'eus pas, je me prends à chialer pire que toi. Et ça suffit, et ça commence à cet instant : je serai la folle de l'étage.

Mettez-vous là. C'est un couloir d'attente où les familles poireautent, on va s'occuper de moi. La douleur qui écrase mon visage, mon corps arqué, inquiète. Une dame m'approche, une visiteuse.

– Vous avez mal ?

C'est une journaliste, elle prépare un sujet sur la boîte à naissance pour dire quoi. Elle doit chercher une fille à coller dans son reportage mais je m'en fous. C'est la première parole depuis quinze heures qui ressemble à la civilisation. La main qu'elle pose sur la mienne me fait pleurer, je ne parviens pas à répondre. Une femme en rose passe au large, j'expire un s'il vous plaît.

J'ai peur, je ne sais pas conduire. J'ai eu un accident le jour du permis B. Là d'où je viens, Adèle, les femmes n'avancent pas. J'ai peur que tu ne passes pas par le trou, à cause de moi.

Je suis allongée. Une rose me répète que je ne fais pas le travail. Le protocole lui interdit de me donner la péridurale *tant que c'est pas à deux doigts*, elle se barre. Alors la prière monte comme elle montait enfant, quand le bon Dieu était un guichet. Je prie pour qu'on m'envoie quelqu'un et quelqu'un vient. Et c'est drôle, elle a un visage d'ange vraiment, et vraiment elle s'appelle Marie, vraiment elle est désolée. On aurait dû m'administrer quelque chose d'autre, le déclenchement a échoué. L'anesthésiste ? L'ange m'ira le quérir en moins de deux, fût-il lui-même endormi.

– Ça va vous détendre et le travail va se faire tout seul.

Avec elle dans les heures qui suivent, tout va bien. Je veux que tu arrives dans ses bras mais son service se termine. L'équipe d'après est déjà dans le couloir. J'ai peur qu'une terrestre idiote prenne la place de mon séraphin. Elle veut bien rester. Elle s'en va quand tu respires.

Tu viens entière, crue dans la lumière crue. En plus du froid, en plus du bruit. Ce doit être d'une violence sans nom, la preuve on oublie. Je demande à une rose qu'on détourne la lampe, qu'on ferme cette porte qui ne cesse de battre. Ce courant d'air, à l'enfant crue, doit être glaçant. Un animal le saurait.

Elle s'habituera.

Elle n'a pas baissé la lampe ni fermé la porte. Ça coûtait quoi ? Le pouvoir qu'elle a dans cette chambre et nulle part ailleurs ? Je voudrais remettre la main sur la journaliste, qu'elle le dise. Ça compte.

Elles diraient que j'ai rêvé. On ne traite personne comme ça ici, la preuve on a eu la télévision. C'est un établissement bien, avec des gens bien. Que ce livre est un opprobre.

C'est pour toi

Tu ne dors pas. Je retombe quelque part dans ces années désordonnées, au pif à 7 ans. Il s'agit d'apprendre à lire et à compter. Un adulte responsable estime qu'on tient la fenêtre idéale pour me grillager les dents. Du fer plein la bouche à 7 ans, à 8 ans, à 9 ans, à 10 ans.

On va pas te mâcher le travail.

C'est un moulage de plastique et de métal, translucide, rigide et blessant. Il tient au palais, assurant la barre de fer qui cercle mes dents du haut. À deux crochets latéraux, s'ajuste un arc plus souple qui, passant devant les lèvres, permet de retenir l'élastique épais qui tient ensemble ma nuque et ma mâchoire, ma colère et mon silence. Ainsi harnachée, je ne peux plus en placer une.

On réfléchit avant de parler.

Je ne ferai désormais plus que ça. Incapable d'avaler ma salive, je la retiens, muette. On dit que je refuse d'apprendre à lire. Lire, je sais déjà mais ils l'ignorent et j'y tiens : lire, c'est à moi. Je crache dans un gobelet sous mon pupitre toutes les dix minutes et je me tais. Je verse une demi-heure de mollards dans l'allée, discrètement, dix fois par jour. Je me défends, je suis toute petite. L'instit qu'est belle, qu'a des bijoux, pense que quelqu'un a uriné dans l'allée et ne veut humilier personne.

J'imagine que l'orthodontiste impressionne la mère, qu'elle lui vend tout ce qu'elle veut. Elle aligne les chèques, elle aime parler avec le praticien entre femmes renseignées, mon père gueule c'est son truc et personne ne demande si ça fait mal. À 11 ans, à 12 ans. Ça fait bien de s'occuper de ses gosses, on peut les planter devant la piscine jusqu'à la nuit, au moins aligne-t-on leurs dents et ça, tout le monde le voit. J'ai vu vieillir l'orthodontiste qu'a vu insister ma mère. *Tu me diras merci.* 14, 15, 16, 17 ans. Dix ans plus tard, si je sais compter, on m'enlève la dernière ferraille et oh surprise, c'est le bordel. Ça n'a servi à rien mais tout le monde l'a vu. On en a pour son fric. Le soir, je ne vais pas à l'étude pour visiter un kiné qui lui aussi m'oublie deux heures sur un appareil. Ou le podologue qui retaillera la semelle à l'intérieur de ma godasse médicale, parce que moi j'ai de la chance. On m'éduque, on me redresse.

Si ça fait mal c'est que c'est efficace.

Ça ressemble à l'amour et c'est le contraire. Je voudrais qu'on en parle. Le kiné qui s'en fout, la douleur inutile, le sang dans la bouche. Je n'oserai jamais et voilà où j'en suis, j'en parle à tout le monde.

Tu sais ce que ça coûte ? C'est pour toi.

Mais la fatigue, la différence ? Silence, pense au Sahel, aux Yougoslaves et surtout à elle. Elle, son enfance de merde à elle, et le monopole de la souffrance qui la dispense de m'épargner.

Adèle, je crains l'héritage comme la maladie. Tu n'es pas à moi.

« Tu as essayé de changer de point de vue ? » On m'a dit ça, un jour, c'est un classique des conversations. Pour dire quoi ? Qu'elle craignait un sourire édenté, une fille bossue ? Sûrement.

Tu crois que ça m'amuse ? La corvée c'est pour moi.

C'est vrai. Des allers-retours en ville, des heures à patienter dans la salle, *une tannée*, l'orthodontiste qui la prenait de haut. Elle l'a fait pour moi. Je pourrais écrire ça à la place du Gloire de mon père et Château de ma mère. Et de ma bouche, telle la princesse du conte, couleraient des joyaux. Moi c'est du gravier. Je suis une ordure et j'écris un torchon. C'est très bien les torchons. Ça nettoie, on les brûle.

Une aide-soignante ouvre doucement la porte. Celle-ci est en blanc, il faut s'y retrouver.

– Vous voulez un petit truc ?

Et dans cette jungle, affichant d'emblée sa culture, elle m'apprend son prénom, Corinne. Entrez, Corinne. Elle m'apporte le sommet de l'ingéniosité gynéphile, une merveille: des serviettes périodiques gorgées d'eau puis congelées. Conçoive ce bonheur qui peut et que les plus larguées accouchent par voie basse, qu'on en reparle. Corinne m'apprend encore mille soins égoïstes et se fout généreusement de toi. Il en existe, fussent-elles comme elle en retraite et bénévoles, qui adorent ça, materner les mères. M'avoue Corinne, limite gênée. Elle disparaît quand elle se fait sonner. L'établissement dégorge, on est en mai, la vie déboule sans répit. Cet endroit n'est pas hostile, il est relatif: pour une salope, un ange. Une sorcière, une fée.

Tu crois pas que c'est dans ta tête ?

Je ne suis pas ta copine

Des femmes qui aiment leur fille, elle dit *Une mère n'est pas une amie*. Des filles qui ont des amoureux elle dit des paumées et les garçons, c'est interdit.

T'as pas intérêt à me ramener un type.

D'accord.

Tu feras ça quand tu auras ta vie, ta maison.

D'accord.

Fous-moi le camp.

D'accord. Je me déplace de mieux en mieux dans mon étrange nuit saturée de livres. Je vois des ombres et j'aurai bientôt tout lu. Des filles qui montrent leurs genoux, elle dit qu'elles sont *vulgaires*, nous sommes en 1996. Des jolies, des soignées, qu'elles *singent leur mère*. Le féminin est condamné. Une porte après l'autre. Je ne sais plus par où passer. Tout est interdit, tout est *porno*. Elle m'arrache des mains le *Journal d'une femme de chambre*, sur la liste des lectures du collège, porno. Elle éteint la radio, porno.

Des filles qui s'épilent les mollets elle dit *aguicheuses* et les bronzées sont des *folles.*

Moi je te protège. Tu me diras merci.

Je regarde le soleil comme je regarde les habits neufs, les anniversaires. C'est pour tout le monde, sauf pour moi. Si par hasard on m'y invite, aux fêtes, aux vacances : *ma mère ne veut pas.*

Les autres, un jour, ne se contentent plus de ça. Nous sommes après tout à l'âge où il s'agit de comprendre. *Mais elle est folle ta mère ?* Je pense que oui mais je dis qu'elle réfléchit, elle. Qu'elle *trie* pour moi, ce qui *vaut le coup* du reste. Les autres comprennent que je les traite de connes et s'éloignent à nouveau. Je continue à manquer les rendez-vous. Je lis tout ce qui me tombe sous la main, tout ce qui lui échappe. Je n'ai aucune fenêtre sur le monde, sinon des livres de poche jamais assez bien planqués. J'apprends que j'ai un sexe dans un livre d'Anaïs Nin et ce qu'en font les hommes chez Philippe Djian. Ça a l'air super. Chez moi, j'imagine que ça ne fonctionne pas. Ma mère n'a pas dû autoriser quelque chose d'aussi manifestement bon. Je n'essaie même pas.

Je ressemble à un garçon. Coiffée en brosse, au bol, à l'arrache, des vêtements rompus, immettables, l'acné qu'on ne soigne pas.

Apprends à te supporter comme tu es.

Et moi tu crois qu'on m'achetait des pots de crème ?

Les chaussures comme des péniches, pas exactement paramédicales mais presque.

Tu préfères finir cagneuse ?

Je suis un garçon, je souffre un peu moins. Si je suis un garçon, je n'ai pas à les séduire. Je m'arrange. Je suis au masculin. Je suis content, heureux, peureux, je suis un romancier, je suis votre serviteur. Le « e » n'arrive pas, la langue échoue à le dire. « E » est ridicule comme un jupon, aujourd'hui encore irréconciliable avec l'imparfaite liberté que j'ai volée sous leur nez. Me pardonnent celles qui combattent pour nos salaires, nos corps, le genre des noms. J'ai dû faire autrement.

Elle ne m'a pas parlé d'amour. Sinon céleste. Ce qui revient au même. Elle ne m'a pas touchée. Je connais de la douceur si peu de chose, sinon la fourrure des animaux.

Adolescence.

Elle se blinde.

Tu t'es blindée.

L'âge de l'amour est un hiver. Je sais, bien avant qu'il commence, que je n'y ai pas droit. Il passe sans moi. Tu verras, Adèle, il m'arrive parfois d'attendre qu'il revienne, cinq minutes, les yeux fermés sur un rêve à la con. Je suis sur un trottoir, un quartier pavillonnaire. En face, un garçon blond, trop grand, trop maigre, décompte à l'entrée d'une véranda 9, 8, 7. C'est le temps qu'il me laisse encore pour le rejoindre après des mois d'une cour quasi médiévale. 6, 5, 4. Je rêve qu'à 3 je traverse et l'embrasse. J'ai détalé en sens inverse, j'étais en retard.

Mon âge égale le temps passé à taper sur l'amure, de l'intérieur.

J'écris et personne ne peut m'embrasser.

Adolescence, quoi encore. Toujours la peur. Un soir, je frissonne sur son passage, elle s'en aperçoit. Je prends une claque pour avoir eu *peur de ma mère*, si c'est pas honteux. Elle crie, elle est fine : *la peur c'est quelque chose qu'on a en soi, ça n'a pas d'objet.* Vrai. La peur d'elle est inscrite au cœur de mes cellules, depuis l'origine de la matriligne où la première mère a terrorisé la première fille. Les cellules, c'est comme les cuisines : ça se nettoie. Et les cancers, comme les chemins, ça s'évite. Elle me l'a dit.

Tu vas te fabriquer un cancer, à ruminer tout ça.

À cet âge j'apprends à éviter ma mère pour toujours.

Alors :

Tu as choisi l'autre côté.

L'autre côté c'est mon père, sa mère, sa sœur, sa cousine. Dans l'absolu, si tu creuses, c'est les bourgeois. Les grandes gueules, les belles éducations, les détenteurs du code. À force de l'entendre, j'y crois. Après tout, cette route-là plutôt qu'une autre. Bourgeoise, grande gueule, un peu brossée, je deviens. Merci à mon père, sa mère, sa sœur et sa cousine, c'est pas si mal.

Tu as décidé de tuer ta mère.

Tu as tué ta mère.

Elle n'a pas peur des mots, de l'outrance, du ridicule. L'essentiel c'est l'effet, c'est faire taire, c'est gagner. J'ai déjà commis le dernier des crimes et mieux encore, je l'ai déjà payé. S'il y avait une saleté sur Terre capable de retuer sa mère, c'était forcément moi.

Au reste ce n'est pas moi qui la tue. C'est que personne ne l'entend.

Ici, il est 3 heures du matin. Tu ne veux pas dormir, Adèle. Il semble que tu veilles ma colère. Je pousse le berceau, je remonte le couloir, je voudrais te confier, à n'importe qui soit une femme entière avec un « e ». Je frappe à une porte, au hasard. Est-ce que c'est ça, devenir folle.

Elle ne m'a pas dit qu'aimer s'apprend aussi.

Elle ne m'a pas appris à me pardonner.

Elle ne m'a pas appris la patience.

Elle n'avait pas d'amie, elle ne fut pas la mienne, elle était d'une solitude à toute épreuve. Je n'ai jamais rencontré de forme plus convaincue de la souffrance, plus convaincante, et j'en viens tout droit. Tu m'étonnes que je remonte les couloirs de cette maternité surpeuplée, à chercher un endroit pour garer le berceau et foutre le camp, te sauver, ouvrir un livre, me priver de lumière, de chauffage, de tout, comme d'habitude. Je ne suis pas folle, je t'aime déjà. Être mère, je l'apprendrai avec les semaines, c'est trouver des endroits sur Terre, des coins dans les maisons et pouvoir en puissance aller très loin. Je chercherai un lieu frais pour veiller ton sommeil en été. Un lieu pour te regarder marcher. Je chercherai encore un lieu sûr pour te laisser, quand il s'agira pour moi de disparaître ou de guérir. Je chercherai les lieux sans bruit pour te parler, nous cacher.

T'es pas sortie de la cuisse de Jupiter

Ce livre ressemble déjà à l'orage en juillet. Quand on ne sait pas d'où viennent ces nuances de bleu et de noir. J'aurais dû commencer par leurs vies, dire ce que je sais d'elles, les femmes d'où l'on vient. Toutes, nous portons le nom de la Vierge. Marie. Pour la lumière, la grâce, la protection. Pour tout ce dont on prive les saintes. La chair, l'allégresse, l'erreur.

Elle sur la photo c'est la mère de ma mère. Celle que j'aime. Celle qui rit pour survivre, qui parle des bêtes, d'un cheval qu'elle aimait, des noms qu'à la ferme elle donnait au troupeau, du bétail qu'il a fallu céder aux Allemands. *C'était la guerre, qu'est-ce que tu veux*. Et le cheval pareil, aux Allemands. Elle recoud à la hâte, entre aller aux poules et aller au cimetière, l'ourlet de mon gilet. *En marchant vite ça se verra pas*. Elle ne fait pas des *aiguillées de paresseuse* elle, comme sa sœur. Elle repasse le fil par le trou dix fois, habile, inlassable. Elle boite, elle souffre, on le saura tard. Mais longtemps, elle rit. Je tiens ce qu'elle m'a donné pour de l'or : le rire. Pas l'humour, le rire, rien à voir. Et aussi la rage. Et la patience qu'il faut dedans la rage pour la mener quelque part, c'est elle.

Les chevaux, Adèle – soit dit si j'oublie d'en parler, avec la vie qu'on mène –, elle les guidait par trois devant la charrue. Pas un ou deux comme tout le monde. Trois. Les hommes la respectaient. Personne sinon eux, les gars, n'attelait par trois. Elle dit qu'un jour l'un d'eux vint la trouver qui savait d'elle ceci : trois chevaux devant elle, toute seule.

Tu penses, il avait besoin d'une qui savait travailler.

Celle-là qui meurt alors que tu nais, dans la pure conscience de son âge, l'âme forte, le teint clair, le verbe clair et rare, l'œil clair et pourtant noir, elle aussi, c'est l'orage. Elle, la verticale, un siècle quasi révolu, qui n'en finit plus de cesser de parler. Aux hommes d'abord car c'est *causer dans l'oreille des sourds*. Et puis à tout le monde car elle n'a plus rien à dire. *Le mal est fait*. Avec elle, on allait *nettoyer les tombes*. Je la verrai toute ma vie, à genoux sur la pierre froide, tirer sans gants les fleurs gelées sur la tombe d'une quelconque Marie. Rempoter des machins increvables, frotter le portrait de la vieille en céramique. Elle le faisait bien. Elle ne doutait pas que la Marie d'avant fût sous terre à la juger encore. *Elle m'en a fait voir.*

Et toutes les autres après celle-ci, à s'en faire voir. À se faire payer fois deux l'ardoise de la précédente. N'épargnant que les hommes qui sur le chantier, qui au bureau, qui au bois, aux putes, procédaient à leurs vies.

Ils en prennent bien assez sur le dos, va.

À côté du berceau qu'il ne faut pas renverser, je nettoie les tombes. Ça prend son temps. C'est pour toi. Le temps qu'il faut pour que le sang remonte au cœur.

Ma mère. Imagine-la toute petite, 6 ans, lors d'un séjour paroissial sur les plages malmenées du Nord. Elle ne sait pas nager, pas bien, on l'entraîne dans l'eau, on regarde ailleurs. On ne l'entend pas, elle se noie, on s'en aperçoit tard. Tirée sur le sable, on dit qu'elle est morte, quelqu'un est médecin et confirme, quelqu'un se signe, quelqu'un va quérir un autre docteur, qui dit que cela arrive. Une facétie du cœur.

On peut sembler, pourtant vive, parfaitement trépassée. Il la sauvera.

Elle a dit, un jour de calme et de cendres, elle a dit que c'était une erreur. Qu'à cet âge déjà elle n'en voulait pas de cette vie. Elle avait choisi inconsciemment de repartir, il eût fallu, dans l'eau froide, la laisser descendre. C'est pour ça, Adèle, toute la suite, c'est pour ça. Elle n'a jamais réussi à vivre vraiment, à respirer longtemps sans appeler. Elle criait à propos de tout, de nous, n'en plus pouvoir, qu'on la *coulait.*

Si moi je ne dis pas le « e » qui féminise les mots, elle, tu verras si tu la croises, ne dit jamais le « je » qui les assume.

On m'a gâché la vie.

On m'a empêchée de faire des études.

On m'a bouclée dans cette baraque.

On m'a jugée.

On m'a étouffée.

On m'a offert une cochonnerie pour la fête des Mères.

On le fait exprès.

Et moi tu crois qu'on m'a félicitée ?

Et moi qui viens après, qu'elle voudrait tour à tour emmener sous l'eau avec elle, tour à tour sauver. Elle ne sait plus, ne sait pas comment on fait. Il faudrait pardonner à ce vieil enfant essoufflé criant depuis soixante ans qu'on le tire du froid, ignorant que c'est fait. Je ne pardonne pas, je n'ai pas assez d'orgueil. Au maximum, je comprends. Et encore, pas sûr.

La mère de mon père. Ce n'est pas la matriligne, mais je la vois tous les jours entre 0 et 18 ans. Ça compte, tu penses, ça pèse. Encore une qui trime un tiers de siècle pour pas un rond, un bijou de temps à autre, le respect de ses fils, une baraque, des vacances. Aujourd'hui elle est malade. Elle oublie tout. Les noms, les dates, les gens. Elle est passée du côté du récit qui se fout qu'on l'entende. Il ne s'agit plus qu'on la comprenne. Elle a vécu. Elle répète tu es venue par le train ? Tu as mangé ? Tu repars quand ? Tu es venue par le train ? Tu as mangé ? Tu repars quand ? Restes d'une langue domestique qui ne fut pas toujours étonnante. C'est ça, être en morceaux.

Je le sais depuis longtemps moi, qu'elle meurt. Elle devait être institutrice, gagner des sous, avoir quelqu'un pour se soucier de qui mangeait quoi, qui par quel train repartait où. Elle comprenait tout mais *c'était pas de son temps*. On l'a retirée de l'école.

On l'a mise à travailler parce qu'elle était costaud.

C'est pas que son père était mauvais. Il était de son époque, c'est tout.

L'époque, Adèle, c'est l'autre mot pour dire soumission.

Elle n'a jamais parlé, je veux dire vraiment. Enfant, j'ai demandé pourquoi, veuve à 50 ans, elle était restée là. Les mots croisés, le jardin, l'argenterie deux fois par an, fleurir trois tombes à la Toussaint. Elle a dit j'ai déjà vécu. Le passé simple s'est abattu tôt, quand marchant derrière le cercueil d'un homme resté beau, elle n'en revenait pas d'avoir déjà fini. J'ai insisté. On peut recommencer, avec des jambes pareilles, cette beauté froide-là, cette allure qui ne court pas nos villages, va pas me dire qu'on peut pas attraper un veuf dans un bal ? Je savais déjà qu'on renaissait. Que pour les femmes il s'agissait surtout de renaître. Que c'était ça l'éternité, pas plus. À terre, rouée par quelque chose ou quelqu'un, et debout, à nouveau. Parce que la mort est une habitude pour nous.

Tu poses trop de questions, elle t'a pas dit ta mère ?

Je suis la dernière. Je viens après « les Marie » et les autres, toutes effondrées. De celle qui ne mangeait plus pour garder les écus, de celle traînée outre-Alpes pour aller servir ailleurs, de celle perdue dans un tremblement de terre, toute petite. La mauvaise, la radine, *la pauvre* qui n'avait pas d'histoire mais *des excuses*.

Il faut les aimer, Adèle. Il a fallu qu'elles finissent de faim, de froid, des coups portés à leur fierté, des pierres, pour que je sois ici et toi à ma suite. On ignorera leurs grands désirs, morts avec le temps, le travail, la fatigue, les enfants. Et puis personne n'a demandé. Personne ici ne demande jamais rien à personne, seules les emmerdeuses ont des questions, les feignantes.

Comme si t'avais pas une lessive à étendre, une leçon à savoir.

Paris ? La mer ? De l'aide ? Peut-être un homme aux mains fines ou un danseur, ou peut-être simplement le leur. En plus fidèle. Ou juste exactement le même, coureur et joueur. Mais qui les regarderait.

Ne te fais pas remarquer.

Je ferai tout pour. Je vous dois bien ça. La lessive je prendrai quelqu'un pour la faire et la leçon, c'est vous.

Sûrement eût-on trouvé, à propos d'elles, des choses à dire. De la joie, des conquêtes, des amours. On ne saura pas. Les hommes, oui. Les hommes ont traversé les frontières, nourri les familles, les hommes sont tombés, conduits devant l'ennemi. Les hommes ont gagné, ont souffert d'avoir perdu. Les chiens étaient à eux, les fils, les immeubles.

Les femmes avaient des manies.

Les femmes avaient la parole, encore fallait-il qu'on la leur laisse.

À ce titre devant, mais pas très loin, des chiens.

Chacun de ces dimanches que Dieu fait dans les villages pourris, j'en ai vu, qu'on faisait taire d'un regard, aller pleurer dans la cuisine devant leur mère qui s'en foutait qu'elles aient *passé cinq heures aux fourneaux* et que *lui* soit un salaud. Et la mère, reproduisant la sienne, et celle de la sienne, les mains dans la bouffe, le cœur à la bouffe : *tu l'as voulu tu l'as eu*, aide-moi plutôt avec la salade, est-ce que t'as sorti ta tarte du four *au moins* ? Ça aurait pu finir en batailles, elles auraient pu se soulever. À défaut, elles parlent, parlaient. Et moi j'écris.

Ne m'en veuillez pas. Je suis mieux là à nettoyer vos tombes qu'à moisir avec vous, ma fille dans les bras. Vous me l'avez dit, les jours de grand labeur, *allez, la terre, on est mieux dessus qu'en dessous.* Et de m'envoyer me laver les mains. Et, vous croyant seules, de sécher vos larmes aux coins du même tablier qui essuyaient les yeux souillés de vos chats.

À mesure que je parcours le vocabulaire émacié de votre langue, l'étendue de votre souffrance ne m'apparaît plus, tant elle est vaste. J'ai honte. Je voudrais vous épargner ce livre de petite conne bien lettrée, bien nourrie. Je ne peux plus. Quelque chose en moi de ténébreux l'écrit. Peut-être vous, va savoir.

Regarde où tu mets les pieds. J'entends désormais. Surtout pas dans les pas affolés de ta mère, de toutes les femmes qui marchent derrière leurs hommes, meurent tard après eux, de fatigue et d'ennui. Et moi vingt ans, trente ans après affolée de verser dans l'empreinte sèche, prise *les deux pieds dans le même sabot*, criant pour qu'on m'y trouve, affolée et prenant leur folie pour moi-même. Jusqu'à devenir une femme qui écrit. Adèle, regarde où tu mets les pieds et casse la danse.

Tu me diras merci

Ma mère, Adèle, ne m'a pas protégée de sa détresse mais de tant d'autres choses. Je l'aurais tu. À noircir le tableau, les contrastes sont plus beaux. J'ai réfléchi.

Je n'approche pas la télévision avant d'en posséder une moi-même, vers 23 ans. Ma mère ne veut pas me voir plonger dans cette poubelle, *quand tu vois ce qu'on y trouve*. Une femme dedans chante un truc débile, avec elle un panda en polyester, Hélène et les filles attendent, parquées dans un appart, que trois dadais les visitent. L'enfant hurle que faute d'images il n'aura rien à dire aux autres le lendemain.

C'est pas grave. Je te cultive.

Elle parcourt, chaque mois, des centaines de kilomètres vers les villes trop grandes qui pourtant l'intimident. Elle au volant, moi derrière, nous allons au théâtre. Les textes du répertoire dramatique sont rarement montés en rase campagne, quand cela arrive c'est Brecht, c'est en été, et nous y serons. À 15 ans je connais, entière, l'œuvre de Molière, je vois tôt ce qu'Alain Françon fait de *Britannicus* ou des *Mouettes*, comment Mnouchkine réinvente *Tartuffe*, pour savoir plus tard le comparer au *Tartuffe* minimum de Nordey. Je vois des personnages qui dos au mur, face au vide font trembler l'air avec des mots et tout le monde se tait, tout le monde. Je ne m'en remets pas. Je connais des émerveillements impossibles à décrire, le goût profond du noir et du souffle suspendu quand on allait savoir si Lorenzaccio était devenu, en un siècle, fréquentable. Et dans toutes les villes où j'ai vécu j'ai cherché d'abord un appartement et ensuite le ventre des théâtres, le dernier lieu de la surprise et de l'union avec ma mère.

On repassait cent fois les mêmes disques, Mahler, Mozart, Sarasate, Bach, jusqu'à distinguer le son de l'alto de celui du violon, à faire la différence entre l'automne de Vivaldi et son hiver. Elle lutte. Contre *la soupe*, contre les mères que son exigence insulte et qui la conjurent de donner une barbie *à cette gamine qu'est déjà sauvage.* Contre moi qui serais d'accord. *La barbie t'en auras pas, c'est apprendre aux filles que les femmes sont des objets sexuels, c'est préparer la docilité.*

Ça doit jouer. Je n'ai jamais été l'objet sexuel de personne.

Elle m'apprend à respecter mon corps comme un royaume, que les aliments qu'on avale, comme les pensées qu'on abrite, selon leur nature, élèvent les âmes ou les dégradent. Le riz blanc, le pain blanc, le sucre blanc, elle n'en veut pas, et moi j'en crève d'envie de manger de la merde, les autres ont le droit. Les autres ne savent pas, ils *s'encrassent*, pas nous, il ne faut pas s'en vanter. Elle dit que les consciences ont leur rythme, un jour tout le monde saura. Je m'en fous, les biscuits fourrés, les céréales en forme de clowns, les flans colorés, je sais que ça existe et elle, elle va chercher à perpète du pain d'épeautre qui me paraît simplement dégueulasse. C'est compliqué, c'est cher, je résiste. Le matin je renifle le bol de flocons d'avoine biologiques et sans pesticides, agrémentés de miel forestier, grimace quand elle y verse le lait d'amande chaud et la pincée d'extrait de silice pour l'ossification. Elle n'insiste pas. Elle a souvent été douce. Elle n'utilise pas de graisses animales, ne fait rien frire, craint les OGM avant tout le monde, a tout lu, purifie l'eau avec des pierres, reste au chevet des enfants fiévreux quand ils rapportent les virus de l'hiver. Elle sait que trop d'antibiotiques détruisent à vie l'immunité aussi sûrement qu'une fièvre ne dure pas trois jours. Elle connaît les plantes, les minéraux et ça marche.

Elle m'apprend que ce qu'on voit s'appelle le monde sensible, l'ordre du visible, et l'humilité de n'être que d'ici. Elle me désigne, par des contes, des peintures, un univers peuplé de forces qu'il me faudra bien connaître. Dans les pierres, dans le vent, dans la sève et le bois fourmillent des êtres élémentaires, puissants, qui m'accompagnent. Libre à moi de les entendre.

Elle m'apprend à parler aux absents, à la lumière, à confier aux profondeurs du temps le fond de mes désirs, jusqu'à ce que, devinés par les astres, mes désirs prennent vie.

Tu as un ange, parle-lui. L'univers entend.

Elle m'apprend le principe d'éternité, d'infini, à partir de quoi l'on ne craint plus grand-chose. Presque personne.

Et encore d'autres choses qui convergent toutes vers un seul combat : l'exigence. Inouïe, épuisante.

Ta mère elle t'a tenu la dragée haute.

Avec ta mère c'est jamais assez bien.

Tu vois bien qu'elle t'aime sinon elle s'en foutrait.

Merci. Je suis aussi le résultat de cette fermeté. Elle est tant d'ombre et tant de lumière à la fois, qu'elle en devient romantique. Inventée.

Ici-bas, l'omelette hospitalière est froide. Je mange des amandes et des figues.

– Elle se sent mieux ? Elle a pas touché au plateau ?

Je ne suis pas à ma place. Les gens comme nous ne mangent pas les plateaux, madame, ma mère ne serait pas d'accord. Un jour tout le monde saura.

On me débarrasse. A minima veut-on m'envoyer respirer dans le jardin, qui est là pour ça. Souvent les gens choisissent de séjourner ici pour les arbres, la chlorophylle, la vue. Je sais, je fais partie de ces imbéciles qui accouchent sur prospectus. Résultat, une fenêtre sur le parking, une crise hémorroïdaire.

– On dit une chaîne hémorroïdaire, c'est normal.

Merci, ça change tout. Une douleur donc qui ferait de la balade un calvaire. Je vais respirer dans le couloir le mélange d'oxygène, de vagissements et d'ammoniaque, ça ira très bien. Ou même pas. Je vais rester là, dans mon quatre mètres carrés abyssal, à me regarder descendre.

– Toujours personne ? Ça vous ferait du bien.

Elles ont pourtant vu mon frère repartir avec ses fleurs. Si quelqu'un passe cette porte, j'ai peur de lui donner un coup de tringle à perf, de potence pardon. Je ne bouge pas. Je n'ai pas fini de raconter. Si ma fille meurt, elle mourra sans savoir, si je la fais tomber, avec toute cette fatigue on ne sait pas. Les accidents arrivent, regardez-moi.

Tu veux être comme les autres ?

Je n'ai pas eu à l'époque le cran de dire oui et puis ça n'aurait rien arrangé. Jupes trop longues, velours trop larges, cols cheminée, *qu'est-ce que t'en sais toi que c'est pas la mode ?* chaussures *qui durent.*

Non pas les jeans, tout le monde en met. Tu veux être en bleu de chauffe toi aussi ?

Les gosses se marrent.

C'est parce que tu as un style, moi je te donne un style.

On m'appelle la clodo.

Au moins tu fais pas partie du troupeau.

Les autres font du sport, des goûters d'anniversaires, lisent des revues, s'informent sur leur temps, ont une puberté, se ressemblent. Les autres ont des mères sans merci : par instinct elles détestent la mienne qui dans le même regard les juge, les envie, les brave et s'écrase.

Alors, elles poursuivent le travail. Les balles pour ma mère sifflent autour de moi.

Elle ne peut pas faire comme tout le monde ?

Faut toujours qu'elle se distingue, comme sa mère.

Je prends toujours plus de plomb dans la tête. Un chevreuil.

Les autres possèdent. L'assurance, des affaires, les permissions de minuit, le futur, le sexe opposé. Moi le truc du pauvre : les mots. Je balance par rafales. Je fais plus de mal que j'imagine.

Mais qu'est-ce qu'on lui a fait à celle-là ?

À mon tour, je deviens une qui cause. Je suis fine, rapide, haineuse. Je n'ai rien à perdre et eux, tout.

Un jour ma mère disparaît. Elle va vivre ailleurs, elle reviendra. Loin d'elle je deviens un peu jolie, je claque en fringues chez Prisunic tout l'argent de ma grande communion, celui de ma confirmation, coffré depuis des années dans l'un de ses chiffonniers. *Tu les auras quand t'en auras besoin.* Me voici impeccable, non moins violente, dans le sillage des voyous, des gosses de riches, des filles viriles, sapées, *dessalées.* De celles du dentiste, du pharmacien, du notaire.

Toutes puissantes, toutes pareilles. Sociologie des sous-préfectures où les enfants des dominants, qui ne sont rien ailleurs, dominent. Je les emmerde et je suis terrifiée, je les suis, je fais comme eux. On atterrit tous chez les flics. Même ça, c'est un triomphe. Les garçons ne me touchent pas, mais cette année-là m'approchent. Je prends. Plaisir décuplé du sentiment de les voler. L'alcool, la nuit, tout ce qu'impliquent les échanges scolaires d'infimes débauches, de poses à la con, la bouche des hommes, les odeurs de tabac froid, de vodka, de shit, Azzaro Chrome et *Le Mâle* de Gaultier. Je sais déjà qu'elle n'a jamais été aussi vivante que moi cette année-là, aussi *pareille*, et c'est bien fait. Je voudrais qu'elle le sache et me jalouse. Elle a fait de moi sa sœur, *c'est réussi*.

Mourir indéfiniment s'arrête, la différence s'arrête. Je le décide un soir, allongée sur une plage en Irlande où je n'ai pas appris l'anglais, je dirai que c'est l'accent. Les cheveux dans le sable, les jambes serrées qu'un garçon ivre, à mes côtés, ne parviendra pas à les découpler. Lui aussi je l'emmerde.

Je ne dors pas et toi non plus. Les infirmières ont dit qu'elles te prendraient cette nuit mais tu parles. Rien ni personne, sinon le bruit des tatanes qui du soir au levant ratissent le couloir devant ma porte. J'essaie d'écrire. C'est le seul repos que je connaisse : la seconde de calme inouï qui succède au point, après la phrase qu'on voulait dire. Je connais cet endroit comme on connaît sa propre chair. Ce n'est plus vraiment écrire. Je crois que ça, c'est prier.

J'écris « Aujourd'hui ma mère pense à propos de ta naissance que j'ai raté ça ».

Et moi tu crois qu'on m'a dit que j'étais belle ?

5 heures. À côté du berceau qu'il ne faut pas renverser, je te berce dans des bras éreintés qui doivent bien m'appartenir. Il faudra bien que je dorme. La paranoïa qui me gagne avec l'asthénie me fera dire n'importe quoi, imaginer des enfers.

Verte connasse s'amenant, nantie de gouttes à sédater un cheval. *Si ce n'est pas pour vous, faites-le pour elle.* Je n'en veux pas. C'est mon corps, ma détresse. On me signale au service compétent, ça va vite. Le lendemain, un genre de psy, une, et des questions idiotes.

– Vous aimez la nourrir ? L'habiller ? La baigner ?

Je préfère boire, fumer, baiser mais je ne le dirai pas. Je suis éduquée jusqu'à l'os. Il ne reste rien.

– Vous permettez ?

Elle te prend.

– Vous avez des visites ? Vos copines ? Ça vous ferait du bien.

J'ai besoin, moi, que ce soit difficile, complexe et ténébreux. Sinon on s'emmerde.

– Votre mère est venue ?

Toujours pas. Ma mère n'en a rien à foutre. J'aurais pu accoucher d'un singe. Ma mère a 14 ans, à cet âge on pense à soi. Officiellement elle est malade, elle ne sait pas si c'est contagieux, elle n'a pas consulté. L'idée générale est qu'elle ne voudrait pas *contaminer sa petite-fille*. La langue se retourne en vérité.

La dame me dit que j'ai le droit de me pomponner un peu.

– La vie ne s'arrête pas.

Ah bon ?

Elle ne m'a pas appris à me maquiller. Je ne sais toujours pas, j'en mets trop ou pas assez.

J'ai tant voulu lui plaire, Adèle.

T'es pas canon.

Je désespère de m'arranger.

Oui c'est pas mal mais c'est pas naturel.

La maigreur c'est pas beau. T'es faite pour être ronde mais t'as voulu ressembler à je ne sais pas qui.

À ton âge j'étais beaucoup plus belle.

C'est vrai qu'elle est belle, ne ressemble à personne, à un tableau. Je l'ai trouvé dans les musées en Italie, section Renaissance, ce visage fin aux angles doux, estompés. La peau comme une soie tendue, les lèvres mincies par la tristesse, ou selon les toiles, la colère, la dévotion. Et parfois les peintres savaient rendre les éclats dorés qui crépitaient dans les yeux verts de ma mère. C'est un vert minéral, rare, je ne le vois jamais non plus. Ou alors c'est une pierre sertie dans un bijou.

Je ne me suis jamais montrée.

T'en montres trop.

Là d'où l'on vient les filles ne se montrent pas. Des hommes ont dû l'interdire il y a longtemps et défaire les consciences est une épreuve surhumaine. Ma mère, personne ne l'a jamais vue. Et après, c'était trop tard.

Qu'est-ce que t'as fait à ta peau ? T'as voulu mettre des cochonneries dessus et voilà.

T'as une peau de vieille à ton âge.

Et moi tu crois qu'on m'a dit que j'étais belle ?

Coiffée comme ça, tu fais tête à claques.

« Oublie. Elle était jalouse, c'est tout. »

Elle avait trois sœurs. Il fallait plaire au père, au frère aîné. Au jeu de la plus belle, elle a dû perdre tôt, ou ne rien gagner. Et rejouant chaque jour le concours imbécile, elle se convainc face à moi de l'emporter.

T'es pas si jolie.

Ta mère à ton âge, elle avait plus d'allure.

Arrête de prendre des poses.

Je renonce à la séduire, Adèle, tu es témoin. Et je prends aujourd'hui la *pause* la plus importante de ma vie adulte : le temps qu'il faut pour retrouver la voix que j'avais avant la parole.

Un jour, comme on dit marqué d'une croix, « en ville », je remonte une rue avec elle. Un homme, l'âge de mon père, passe et me regarde. Elle me gifle, les gens se retournent.

Ça t'apprendra à attirer les hommes.

La ville on y vient pour l'école, le dentiste, la librairie. Le cinéma jamais. C'est cher et on est quatre. Un fleuve opaque et gris comme un uniforme la baigne et ne l'embellit pas. On y passe vite. Ma mère y suppose des regards hostiles, quelque chose comme une surveillance et surtout, et toujours, les bourgeois. Elle rase les murs, c'est pavlovien, elle a été dans cette ville, lycéenne, fille d'immigrée. Mal habillée, mal assurée, elle en avait pris plein la gueule dans un lycée trop cher pour ses parents qui savaient qu'on s'élève en forçant les lieux tenus par les alphas. Mon grand-père avait passé des frontières le ventre vide, fait des affaires, appris des langues, il savait ça. Elle y apprend, elle, à ne pas être à sa place, à ne pas se défendre, à en concevoir l'amertume qui, trop souvent, lui tient lieu de mémoire, à vivre à la marge d'elle-même. Supérieurement intelligente, elle y prend l'orgueil des demi-pauvres qui se savent plus riches que n'importe qui. Ça ne sert à rien.

Je crois qu'à chaque fois qu'elle y revenait elle revivait d'un coup ce morceau des années 1960, du mauvais côté de la lutte des classes que seuls savent mener, à ce point de violence, les enfants. Ce n'était pas ma mère qui alors, le long du fleuve opaque, marchait trop vite sans me tenir la main. C'était la petite fille à jamais étouffée par le regret d'être soi. Et moi, la fille de mon père, assimilé bourgeois, j'étais déjà sa rivale.

Je ne suis pas ta copine.

Tu as choisi l'autre côté.

Ce n'est pas moi qui l'ai prise, la gifle qui pendant dix ans m'a fait baisser les yeux devant les hommes. C'est la première venue parmi les bourgeoises de la ville qui avaient laissé, fières d'elles et le nez au vent, ma mère dans la marge.

Elle dira que je délire et alors. Je suis une artiste. Je suis mégalo. J'écris des vérités, que j'en sois digne ou non.

Ça va mal finir

Le temps passe. Je n'oublie rien. J'accumule.

Tu mettras ton mouchoir dessus.

Compte là-dessus. En attendant je dis n'importe quoi pour couvrir le son de sa voix. Je fais n'importe quoi puisque ça ne changera rien : l'autorité n'existe pas. Seuls tournent sous les lampes, le soir à table, des phrases qui y ressemblent, des gestes mous épuisés de menaces. *T'en veux une ?* Tu la prends ou pas, ça ne change rien. L'autorité c'est les mères se défoulant, agitant leurs battoirs au gré de leur fatigue. D'aucuns, sacs bourrés de paille avec une serpillière pour cheveux, font de même la chasse aux étourneaux. Bref on s'en fout. Me voici face à l'épouvantail ou l'absence totale d'une supériorité à estimer. Je fais ce que je veux et *ça va mal finir*.

Tu ferais mieux d'avoir peur.

La peur est une bonne chose. À l'origine de la survie de l'espèce, la peur évite le danger. Pas chez moi. Je n'ai jamais rencontré plus effrayant qu'elle. Alors, toute ma crainte amassée à ses pieds, je n'ai peur de rien. De rien, dès lors qu'elle s'éloigne. *Ça va mal finir.*

À force de dressage, de dresseurs, à force de forêts pour les fuir, je redeviens sauvage. Je suis un loup. Quoi que j'apprenne des vêtements, du langage, des manières des hommes, des manières des femmes. Quoi que j'essaie, quoi que je mime de ce qu'ils font ensemble, la part sauvage résiste.

Elle est insortable.

Elle dit tout ce qui lui passe par la tête.

Je suis un loup presque perdu pour la ville. Au moins, Adèle, devrais-je savoir te garder. Les loups sont très bien, pour les leurs. Tu sais, des loups, j'en croise. Toujours seuls, toujours en ville, inratables, une fois sur deux ils écrivent. A priori dressés, gavés, mais ça saute aux yeux : le vide creusé par leur mère. Une faim hagarde les pousse alentour des maisons. Je voudrais approcher et leur dire : « Toi aussi tu manques de tout ? » Mais personne ne dit ça et l'on ne s'appelle pas entre nous. On se fait peur. On sait l'ampleur du gouffre, qu'aucun corps ne peut remplir. Alors on détale.

Donc ça finit mal. En toute petite délinquance soi-disant dorée, au poste, puis chez le juge. Ni chaud, ni froid. Sauf qu'il dit, le juge, ceci : *Vous ne punissez que vous-même*. Je comprends que je participe à ma propre oppression. Et c'est non.

C'est important, Adèle. C'est l'hiver 1997. J'ai trouvé une marche à suivre, une fois pour toutes. Depuis c'est rude, presque impossible et j'ai parfois la chair glacée et le sommeil blanc et j'échoue souvent. Mais je recommence.

Adèle, ne participe pas à ta propre oppression. Je ne t'apprendrai rien de plus entier. Et si un jour, l'oppression c'est moi, va-t'en. Je suis restée moi trop longtemps auprès des femmes faibles. Il me reste quoi. Un petit livre à leur envoyer dans la gueule, au temps où la littérature n'a plus d'estomac.

Raclement de tatanes évoluant vers le pas de charge. Femme médecin qui s'asseyant sur le code, s'encadre sans frapper dans la porte, flanquée d'une Verte. Subito, elles résument. Saignements, problème de cicatrisation, hémorragie, moralité perfusion, encore. Je n'écoute pas vraiment. Je ne comprends pas tout. Je voudrais répondre que mon corps m'indiffère, qu'il se démerde, que j'étais une femme et que je suis un steak. En gros, Adèle, si l'effusion s'arrête nous pourrons sortir. Ça t'étonne ? Pas moi. Il faut que s'écoulent les humeurs, que je couse la blessure et nous en aurons terminé. Ne t'en fais pas, mes points seront propres. Avant toi je détestais les métaphores, je détestais des tas de trucs.

Je te serre contre moi pour la première fois.

– Ne la serrez pas trop fort.

Quoi ? C'est marqué sur ma gueule que chez nous les femmes étouffent les filles ?

Je ne me souviens pas qu'elle m'ait enlacée. Je me souviens du frère préféré, sans nuance. Et avant ça, avant moi, comme une excuse qu'elle me donnera : sa mère à elle qui l'appelait *l'autre*, les claques qu'elle ne méritait pas, les heures au service des frères préférés. Je ne sais pas si c'est vrai. C'est elle qui le dit, c'est moi qui écoute. Dans la folie pudique du désamour, elle m'apprend qu'elle aurait préféré *m'avoir plus tard* ou avoir à ma place *un autre garçon*. Et que mon frère *c'est différent*. Aucune mère n'avouera jamais, je ne t'aime pas, je ne peux pas.

Adèle, le ventre noir dont tu viens a porté avant toi des douleurs sans prénom.

T'aurais pu faire mieux

Je m'étais endormie, Adèle. Ce n'est pas toi qui m'as tirée du sommeil, mais toujours le même cauchemar : je suis *une femme faite* mais je suis au lycée, en terminale et je dois y rester. Des barreaux, des portes automatiques, des dortoirs. Mon père me visite au parloir, désolé : il ne peut rien faire pour moi, je dois purger comme un surcroît de jeunesse, ma mère l'a décidé.

T'es pas spécialement intelligente. T'as l'air, c'est tout. C'est les autres qui sont cons.

Je me vois, Adèle, revenir sans joie du lycée, c'est un automne, quel âge puis-je avoir ? 15 ans, par là. Un devoir de Lettre dans mon sac, une dissertation. J'ai eu une bonne note, mettons 17/20 ça arrive souvent. Je dors en classe mais quand il s'agit de français, je débite de la copie double, à raison d'une par demi-heure et je vends, pour voir si ça prend, une partie de la production : des clopes ou vingt francs. Un business fragile qui n'atteindra jamais sa phase de croissance. La prof moissonnant les devoirs bientôt « reconnaît mon style » et sanctionne mes clients. Ils veulent leur fric, menacent. Je m'en fous, j'ai un style, elle l'a dit. Reprenons. Le 17 est dans mon sac, plus assez bête pour pavaner, je l'y laisse, planqué. Elle le trouve et ni une ni deux, le corrige parce qu'elle, elle sait. Elle me rend la copie : 8/20.

Ta prof, encore une qui croit savoir.

Encore un an à cette allure. J'ai 17 ans et le bac.

Le bac, j'estime que tu ne l'as pas. C'est une erreur.

À mon époque le bac, ça voulait dire quelque chose. Plus maintenant.

Je la crois.

Elle ne veut pas m'anéantir, Adèle. Elle veut simplement que le baccalauréat qu'elle a obtenu elle, trente ans plus tôt, vaille plus. Parce que c'est tout ce qu'elle a. Personne ne m'explique cette colossale nuance, j'aurais compris. Depuis, je fais toujours le même rêve. Je suis une femme et je suis au lycée. Des barreaux, des portes automatiques, mon père au parloir et mon âme prisonnière de l'année du bac.

Le bac, c'est pas parce qu'ils te l'ont donné que tu l'as.

Le gué tu ne l'as pas passé.

Des bonnes notes au rabais, pour moi ça vaut rien.

Je cracherai sur toutes mes médaillles. Je ferai neuf ans d'études pour proclamer, savante et lessivée, que mon doctorat *ne vaut rien*.

Moi on m'a empêchée de faire des études.

On m'a empêchée de travailler.

Tu crois que j'aurais pas fait aussi bien que toutes ces bonnes femmes ?

Là, t'as tout faux.

Tous les jours, tout le temps, à propos de tout. Au maximum de la satisfaction : *c'est de l'à-peu-près.*

Devait-elle se maudire pour voir en sa fille l'erreur incarnée, et dans la vie qui lui était ainsi faite, *un gâchis*. Sont-elles nombreuses les raisons de sa souffrance. Mais je m'en fous. C'est moi qui, depuis, irrémédiablement ratée, ne vis, ne travaille, ne produis que pour corriger. N'alignant que des imperfections, des merdes, des à-peu-près. Je recompte tes doigts, dix à chaque extrémité et j'ai envie d'appeler ma mère pour lui apprendre cet étonnant hasard.

Elle dira que j'invente.

C'est encore moi qu'on crucifie.

Après ton père qui m'a déjà mise plus bas que terre.

T'es fière de toi ?

Non je ne suis pas fière de ce que j'écris et je regrette chaque mot. Mon frère dira que j'aurais pu lui épargner ça. Je parlerai comme elle : *et moi elle m'a épargnée ?*

Elle m'apprendra pour la millième fois comme l'esprit façonne les chimères, les mirages de mère sorcière. Elle, percluse de maladie sans nom, m'apprendra la mienne. Ce sera le mensonge et la folie singulière des *filles dressées contre leurs mères*. On verra bien. La plus belle expérience de ce monde est de voir venir ce qui vient, dans une immense humilité.

Tu te crois maligne ?

Je ne doute pas une seconde que toutes, absolument toutes les phrases en italique prononcées par ma mère, lui aient été adressées par la sienne, à qui la sienne parlait ainsi. Elle non plus n' a rien inventé. Je ne dis pas qu'elle se venge, je ne dis pas qu'elle y croit. Je dis qu'elle répète, dans l'impossible conscience de la destruction qu'elle engendre, la répétition. Il n'est pas question d'amour mais de machines.

Tu te la racontes

Je ne dors pas, Adèle, je songe. Je vis depuis toujours d'histoires à tenir debout. J'ai déliré très tôt, rêvant d'abord d'orphelinat, du divorce des parents, de couvent, d'un uniforme et moi dedans cachée, enfin identique. Dès la petite école, une fois par mois, je me choisis une mère parmi les bien coiffées à la sortie, celles qui, averses ou pas, attendent leurs gamins et pas l'inverse. Je soustrais des éléments à chacune, collier, godasses, teint, taille, sourire, pour les coller ensemble. Bientôt surgit, issue de quatre ou cinq croisements, la nouvelle femme de mon père. Elle porte un manteau long comme un rideau, des pantalons, dûment fardée elle poireaute dès 16 heures, avec un pain au chocolat, elle sent la lessive, celle avec le cadeau dans le baril, et aussi le parfum. Celui pour se faire exprès renifler à cent mètres, celui qu'on dit chez nous *elle a cassé la bouteille*. Ça cocotte dans toute la caisse, qu'est est foncée, nickel, avec la ventilation. On va m'acheter des chaussures en ville, je peux les choisir et personne ne se fout plus jamais de ma gueule. Ou mieux : la femme de mon père c'est moi en plus grande. On a la paix. Le frère va en pension. C'est un mâle, lui, il s'en sort.

Qu'est-ce que tu crois ? Vingt fois par jour. *Mais qu'est-ce que tu crois, qu'on a les moyens ? Mais qu'est-ce que tu crois, que j'ai choisi d'habiter là ? Qu'est-ce que tu crois, t'es pas plus incroyable qu'une autre.* Depuis croire est la seule façon d'exister. Si je cesse de croire, en trois jours je meurs de peur, d'ennui.

D'aussi loin qu'il m'en souvienne, j'invente. À peine sais-je plus ou moins accorder le truc au c.o.d., je torche des cahiers. À l'oral, je légende. Des amis trouvés sur la plage, des coquillages magnifiques inconnus du grand public. Des garçons embrassés, des cigarettes, des fugues, des explications à tout ce qui n'en a pas. Je développe une autre vie que la mienne avec un art du détail, du vraisemblable qu'aucun de ces jeunes imbéciles, j'en suis sûre, n'égale. Ils ne lisent pas, eux.

Je suis devenu une femme qui écrit pour meubler. Pas même pour être lue.

Mon séjour ici va vers sa fin, tu as pris cent grammes. C'est moi qui inquiète le personnel de la maternité. Moi et ma part manquante. Est-ce que je me sens capable de ? Ferai-je un effort ? Saurez-vous à la fin contenir ces larmes ? Avez-vous quelqu'un à qui parler ? Me laisser sortir on veut bien, quoiqu'on ne puisse. Cette enfant que vous ne regardez pas, quels soins recevra-t-elle ? Quelqu'un pourra-t-il vous aider, votre mère, votre sœur ?

Ma mère n'aide personne elle a *bien assez donné*. Quant à ma sœur, elle n'est pas née, grâce à Dieu. On m'a évité ça, partager mon père avec une autre. Je lis dans leurs yeux, à propos du père, la question muette qui plus tard viendra dans les tiens comme un cyclone.

Elles sortent.

À travers la cloison, ma main à couper, j'entends l'une supposer que le père a foutu le camp. L'autre répondre à propos de toi, pauvre gamine. Et leurs voix millénaires vont, diminuant, mourir devant la porte suivante. Et madame machin comment elle va ? Elle a besoin de quelque chose ?

Il n'est pas parti, ton père. Il n'a jamais été là. C'était quelqu'un qui passe, s'engouffre et personne. Tu verras, ils existent. Ce sont des hommes rapides, qui ont affaire avec le vent, doux, effrayés par le sol. Tu es née d'une passion courte. Ni bonne ni mauvaise. Simplement violente, élémentaire. Bien sûr, je l'ai attendu. Bien sûr j'ai voulu savoir, s'il m'avait aimée, s'il était loin. Mais j'ai rien demandé, voulu oublier, j'ai bu, me suis crue libre chaque matin. J'ai effacé son numéro, j'ai changé de vêtements, j'ai parlé de lui à des étrangers, je n'ai rien mangé, me suis coupé les cheveux. Je n'ai plus parlé à personne. Et tous mes désirs portaient alors son nom. Deux cents nuits toute seule à me refaire la première. Et puis, comme ma grand-mère avec le langage, je suis passée du côté de l'amour qui se fout du réel.

Tu te la racontes.

Me suis raconté, exactement, qu'il arrivait, qu'il était là. J'ai fait du café. J'ai préparé la maison. Dans mon histoire il reste et faire l'amour c'est respirer. Hurler c'est normal. Dans mon histoire on vit comme ça, comme des loups, je suis heureuse et ma mère je l'emmerde. J'invente. Dans mon histoire, j'étais quelqu'un d'autre que quelqu'un avait choisi. J'étais canon, j'étais aimée et ma mère avait tort. J'étais envahie, occupée, gonflée. Mais ce n'était pas lui, c'était toi.

Non, il ne sait pas Nous verrons ça plus tard. Dors.

– Comment ça va vous deux ?

J'ai répondu il y a dix minutes. On n'est jamais tranquilles. Enfin celle-ci est en rose, ça va. Le peuple rose est souriant, ses membres se distinguent par des voix douces, des tennis en toile blanche, et quelque chose dans la façon de faire qui respire l'amour du métier. Les roses, ce sont les sages-femmes. Elle voudrait constater que les blessures sèchent, que les fils se résorbent et les chairs désenflent. Elle glisse ses doigts, je ne sens rien, l'œdème entre mes nerfs et la pression m'anesthésie.

– Alors ?

Alors ça ne va pas. Ce n'est pas exactement ce qu'on attend d'un vagin, à ce stade, quatre jours après la délivrance.

Je fais traîner quoi. À croire que j'adore ça, être au placard. Ses tennis blanches ont été passées à la machine, ça se voit. Des auréoles orangées larges et rondes, témoignent de deux taches de sang. Elle a dû les porter pour accoucher quelqu'un. Le sang c'est compliqué à faire partir, j'essaie de me souvenir du truc, une histoire de gros sel et d'eau gazeuse. Je voudrais qu'on bavarde, qu'elle reste.

Elle ne veut pas que je m'accable. Bien sûr certaines s'en remettent comme un charme, d'autres non. Ça dépend des organismes et des tempéraments. Parfois les mères baisent deux heures après, c'est rare mais on le voit. Il faut les arrêter.

– Y en a ça les excite. Vous, moins.

On rit, tant pis si tu te réveilles. Je lui dis pour cet endroit entropique, on ne m'a pas changé mon lit. Une verte a déposé les draps propres, disant qu'elle était débordée à cause des roses qui fument des clopes, des roses qui se croient où. Je ne peux pas, moi, faire mon lit, avec la perfusion n'est-ce pas. Ma rose me plaint. Trois jours que j'attendais ça.

– Dans l'équipe il y en a toujours des comme ça.

– Des comment ?

– Des trop habituées. Elles ont oublié qu'accoucher c'est se faire rouler dessus. Elles ne prennent pas le temps. Ce n'est pas contre vous.

Elle en a de bonnes, elle s'appelle Tiphaine, elle a 26 ans. Elle s'attribue ma chambre, je ne verrai, du moins de jour, plus qu'elle. Elle me confie les noms des fées, le nom des féroces qu'il faut se garder de sonner. Dominique, par exemple, vous enverra toujours dans les 22, ne pas le prendre pour soi. Dominique veut retourner en gériatrie, *elle en a juste marre*.

Tiphaine promet de passer après son service et à 18 heures, s'y tient. Un bref blouson de cuir noir, des bottillons à strass évoquent une vie extérieure qui me trouble. Comme si elle était libre et moi en RDA. Quelque chose comme ça.

Tu ne dors pas, tu hurles, tu n'as pas faim, j'ai essayé. Tu n'as pas chaud, tu n'es pas sale, tu n'as pas froid, tu n'as pas d'air dans l'œsophage. Elles disent qu'il faut exclure tous ces motifs et après seulement, à la rigueur on s'inquiète. À tort souvent. Car souvent ce n'est rien. Une image, une inquiétude en noir et blanc. On sait désormais que les nourrissons rêvent aussi.

Je sais. Tu rêves de ton père. La masse noire qui disparaît, un grand blanc après elle, c'est lui. Je n'ai rien à te dire d'autre. Juré, de lui je ne sais rien. Sinon l'attente et ma fiction, sinon toi, qu'il a laissée derrière lui. Et encore, qui es-tu ?

Tu hurles tant que l'accouchée de la chambre d'en face traverse.

– Pourriez-vous faire quelque chose ? Peut-être qu'elle a faim ?

Elle porte une vaste chemise blanche, des bas de contention sous un caleçon d'homme dont je distingue mal le motif. Des ancres marines. Elle me contemple, je dois faire peur. Mes cernes sont violets et personne, paraît-il, n'est si maigre après une grossesse. Elle dit pardon et bon courage. Je la reverrai sur le parking, dans quelques jours.

D'accord, Adèle, parlons-en davantage. Mais promets-moi, tu liras cela plus tard, ce sera écrit, ça peut attendre. Ce sera de ton âge quand tu seras blessée. Tends l'oreille, c'est un secret, un scandale. Imagine une femme qui s'appelle Marie, on dira « elle ». C'est mieux pour moi.

Voici.

Marie, l'année dernière. Un peu après la fin de l'été. Marie n'est qu'attente. Trois semaines qu'il est parti. Elle ne sait pas ce qu'il fait, où il vit, avec qui, elle n'a pas jamais osé demander, elle a toujours eu peur de la vérité en amour. Marie l'avait trouvé, l'homme, dans un bar en plein jour. Elle n'avait jamais fait ça. Un homme avec un carnet à dessins, du thé, un assez beau visage écrasé de fatigue, à partir de quoi elle s'est raconté en une minute une histoire d'art, de deuil et de rupture. La vérité c'est qu'il était facile, et pressé.

Sûrement l'a-t-elle aimé trop vite, on lui a dit, sûrement à perte. Elle ne l'a pas aimé trop. Car assez pour vouloir devenir. Quoi ? Une femme. Et plus une gamine de 35 ans, du bout de la queue de la fin de la matriligne qui sait juste à qui elle ressemble, jamais qui elle est. Elle a voulu grandir. Elle a raisonné en cascade, comme dans les livres : « si je sais qui je suis, je m'aime. Si je m'aime, lui aussi ». À peu près. Elle a fait sa moitié du chemin. Lui la sienne dans la direction opposée, pour bientôt disparaître.

Après, Adèle, il faut t'imaginer Marie en vrac. Des semaines à ne pas dormir, des heures à parler toute seule au reflet, au flacon, à veiller un mort, à poser des questions à l'horoscope. Vouloir arrêter, vouloir croire, puisqu'on lui dit, que quelqu'un d'autre l'attend quelque part. Mais on n'oublie pas comme ça. Une nuit, elle est sûre de l'entendre frapper au carreau, une autre nuit il la prend dans un songe, dans l'eau, ça veut dire quoi. Elle se souvient, les vieilles disaient *tu l'as pas dans la peau, c'est pire tu l'as dans l'idée*.

Trois semaines, puis trois mois. Marie grossit. Marie déconne. Marie s'en veut, c'est pas comme si elle savait pas, si elle en voyait pas tous les jours des gourdes, des plantées là qu'attendent le coche d'avant-hier, hallucinées. Les vieilles, elles disaient y a celles qui *voient clair avant midi et les borgnes*. Marie doit être aveugle parce qu'il le portait sur lui. Dans un monde parfait on leur tamponnerait mirage, goujat, marin, queutard sur le dos, que ce soit clair. *Tu te coucheras moins sotte*, elle pensait. Elle pensait, *tu l'as pas volée, ta claque*. Oui, elle parlait d'elle comme on ne traiterait pas son chien, comme chez elle on traite les siens. Elle voulait savoir si c'était ça, faillir devenir folle. Si ça ne l'était pas, c'était la pente. Trois mois à regarder le téléphone. Total, elle parle toute seule.

Elle a grossi encore, ça s'est vu. Cinq mois. Il a bien fallu qu'elle sache. Ça n'a rien changé, elle a continué, elle *se l'est racontée*, mélancolique et gonflée. « Mélancolique » c'est quand on pleure la perte de quelque chose et / ou quelqu'un, un salopard, une bestiole, une baraque, qu'on ne se résout pas à perdre. C'est cramé et on dit non, ça tient. Ça pue déjà et on dit, ça vit, ça respire. C'est un type à mille bornes qu'on cherche dans la cour. Marie ne se reconnaît pas. Elle n'est pas de celles-là, en théorie elle est mieux. Pas de celles qui s'enfoncent, qu'attendent un marin qu'a jamais pris la mer, qui se branlent sur un prénom d'homme, un parfum, un pull, qui disent il m'aime, il m'aime.

Tu tiens le coup, Adèle ? Je termine alors.

Marie voulait savoir si sa tristesse se voyait, comme son ventre, quand elle parlait, par exemple, quand elle marchait.

L'opinion du peuple ? Est-ce que ça se voit, est-ce qu'on me regarde, c'est ça qui t'embête ?

Chaque soir elle pensait qu'avec l'aube arriverait le jour où il n'en resterait rien, même pas la dépouille du souvenir d'un homme, et retour à la vie d'avant, ni vu, ni connu. En vérité, la vie d'avant elle n'en voulait plus. La fille d'avant, *elle n'en voudrait pas comme bonniche*. Avant, c'était quand elle ne savait pas qu'on pouvait jouir, c'était avant qu'il la nomme, quand elle ignorait comment s'appeler. Avant c'était attendre et croire, c'était travaille, le monde à ceux qui se lèvent tôt, mets de côté, appelle tes parents, mange. Alors, *l'un dans l'autre*, l'une dans l'autre, Marie sait qu'elle a gagné.

Voilà.
Je suis ta mère.
On revient de tout.

Tous les mêmes

Adèle, personne ne m'a appris à retenir un homme. Je n'aurai presque rien à t'enseigner. Tu devras, si tu les aimes, les perdre et recommencer. À 24 ans ma mère, trouvant trois centimètres de dentelle sur ma lingerie d'étudiante : *c'est pas avec ça qu'on retient un homme*. J'attends encore la suite. La place du sexe je la devine, interdite et envahissante, fantasmée à rendre dingue, à les tenir éveillées d'une génération à l'autre, à se caresser, maladroites, indécises. Les phrases pour condamner l'amour et la chair sont légion qui ne laissent pas pierre sur pierre.

T'en montres trop.

Tu veux qu'on dise une marie-couche-toi-là ?

Attendre le mariage c'était pas si mal. Moi j'ai attendu.

Maintenant on est dans la pornographie.

Et moi, tu crois qu'on m'a laissée faire ?

Ne fais pas ton allumeuse. Tu crois pas que tu vaux mieux que ça ?

Formidable.

Il y a donc une hiérarchie dont je n'éprouve encore que le coût. Je serais d'une dignité que personne ne remarque encore. Je vaux *plus*. Mais quoi ? Dans le doute, je me réserve à quelque chose de grand que j'ignore. Je deviens parfaite comme un défi au désir des hommes. Je ne bouge plus une oreille et passent les mecs comme les chameaux. Avant, on aurait dit un couvent. Alors, c'est juste rien. L'attente, le silence, et des livres à nouveau, des livres par centaines, assez pour construire. Et je construis une digue qui n'a toujours pas lâché. Elle lâchera, tout sera emporté, Adèle. Sauf toi.

À 18 ans, vierge, mon corps est déjà le champ d'une bataille qu'elles mènent à ma place pour ne pas être aimée. Je me refuse et j'ignore pourquoi. Du premier amant, le désir me déconcerte. Un mal de chien mais j'ai failli dire merci. Je m'étais vue toute ma vie imprenable, sur moi l'œil de ma mère comme celui de Moscou.

J'ai cru ce qu'elles m'ont dit, les mal mariées, les recousues. Qu'il s'agissait de les tenir à distance, que telle était la loi, et leur place : loin. Les hommes sont des bêtes, infidèles, méchants, assez cons pour revenir, elles assez connes pour rester, fin de l'histoire. Elles demeurent alors entre elles autour du café, du tricot, à détruire les absentes, celles *qu'elles te ficheraient ça dehors* si elles étaient leur gars, celle qu'on n'*en voudrait pas pour servir à table*. La haine des femmes épargne les hommes, apprends ça. La preuve dans ces pages. Je ne suis pas au-dessus d'elles. Je suis une connasse occupée à tuer sa mère dans un livre, au lieu d'allaiter, comme si on m'attendait pour écrire *Poil de carotte*.

Mon père, dans son amour lui aussi déparle. *Je ne m'en fais pas pour toi. Tu es intéressante. Il y aura bien un homme*. Traduis, Adèle, inutile de devenir, un homme existera, dans l'ombre de qui je pourrai disparaître, écrire des livres comme une qui ravaude. Il ne m'a pas dit que je serais la somme de mes choix. Que des choix, mes hommes devraient en être. M'a laissé penser qu'au mieux je serais choisie.

Tous pareils. Des prédateurs d'après les vieilles qui assurent en outre les heures de catéchisme. Et je tombe dans le panneau. Voici depuis mon histoire : les hommes ne me veulent que du bien et, dressée méfiante, je n'en veux pas.

Le temps perdu à rechercher leur trace.

Les hommes, Adèle, sont le moindre des écueils. Ça s'évite un homme, trop bien, et même, un peu maligne, ça s'intimide. Les femmes tu ne les vois pas arriver. Parce que c'est ta sœur, c'est ta mère, tu connais. Tu ouvres.

Alors plus tard, qu'est-ce qu'elle fait la gosse ?

Oui, c'est toujours moi, Adèle, qui déblatère, ma perfusion et ma robe de chambre en pseudo soie japonaise. Je change encore de pronom parce que je peux, j'ai bien aimé tout à l'heure. Je suis l'auteur, je fais ce que je veux maintenant. Elle va, d'école en entreprise, tomber dans la gueule des femmes faibles. Tout ce qui ressemble à sa mère la magnétise. L'employeur au premier chef. Ce sont toujours des femmes aux yeux verts, trop intelligentes, trop peu fardées pour le monde, le cheveu fin, le corps défiant. Elles m'attendent à l'entrée de la vie active, laquelle se confond pour moi avec la sortie, infranchissable, de l'université. Mon premier emploi sera d'enseigner. On ne sait rien, jamais sorti de la fac on a surtout connu la vie subventionnée, « l'accès à la culture », les gens comme soi, parlé avec eux de Blanchot et de politique, on est sûr de devoir transmettre. En vérité, on n'a rien à dire. Mais sortir de l'école, d'avance, on en tremble. L'université est éclairée, il fait chaud, la porte est ouverte. On reste, on transmet, on répète, bientôt on n'y croit plus, les heures de cours raccourcissent. Aux Licence Histoire de l'art, on diffuse *Le Cuirassé Potemkine*, trois fois par an. On n'est pas bien, on est quelque part.

– Le U de Université c'est le U de Utérus, observe un soir un ami, chercheur, ivre mort.

Bref, le U sera ma première employeur :

T'as pas intérêt à me faire un enfant.

Et tes histoires de livres, je ne veux pas en entendre parler.

Tu me devras bien ça.

Ma mère est une armée, sa langue, universelle. Nos mères ne se dénoncent pas. Les porcs, c'est les autres.

Je dis d'accord mais je fous le camp. Je sais faire.

Cours. Je vais pas te rater.

J'ai beau laisser le U loin derrière, ça continue. Adèle, quand on ne dit pas stop, ça continue. Je tente de vendre mon diplôme républicain à l'industrie du « conseil ». À mon âge et dans mon état, conseiller est encore plus hasardeux qu'enseigner. Je n'y crois pas moi-même, ça doit se voir.

Tu sais qu'ils te voulaient pas dans la boîte ? Tu me dois beaucoup. Il faudra y penser.

Ici on a plus l'habitude des filles qui sortent d'Hec. Au moins Sciences-po.

Celle-ci, qui trouve que je ne vaux pas grand-chose, picole. À 15 heures elle ne tient plus debout, sa schizophrénie ordinaire la porte à me haïr, à me vouloir près d'elle. Tour à tour m'adorant, m'insultant, elle m'achève pour 40 000 euros par an. Ça ne vaut pas le coup.

Quand même, six mois terrorisée à torcher des rapports d'étude, que l'autre paraphe. Un soir, un mot de trop, je démissionne à 17 heures, d'un coup. Je dois ma liberté à la sauvagerie, au souvenir des forêts. À la révolte inutile qui couvait en ma mère mais qui, chez moi, monte, éclate et se tait. J'ai dit merci ? Merci.

La patronne perd sa souillon mais pas le dernier mot :

Tu me dois un mois. Je vais te presser comme un citron.

Elle y est encore, aux dernières nouvelles, intouchable.

Passons sur le troisième poste. Passons sur une DG de ses couilles, faible et bien titrée dont la misère ne m'apprend plus rien. J'y ai déjà laissé ma peau, il y a un moment. Il s'agira bientôt d'en faire une neuve, on y est presque. Je me souviens du dernier jour, d'elle qui parle de moi à la troisième personne à mon collaborateur, en ma présence.

Elle a pas compris. Elle est bête ?

Elle est pas à sa place. Les universitaires ça reste à l'université.

Elle m'énerve.

– Mais... Elle est là, dit-il, ahuri.

Ça les dépasse, la violence entre nous. Ils disent « la jungle » en fermant les yeux. Tu parles. La jungle laisse une chance.

Pendant ce temps, les hommes me tiennent la porte, raquent au restaurant.

À 30 ans, je les reconnais. Les jalouses ont une odeur, des maladies. Et j'irai alors vers les femmes fortes et douces. Celles qui n'ont *rien contre moi*. Je t'apprendrai à les trouver, dans la Nature. C'est une façon de se tenir, de regarder et, la plupart du temps, de se taire. Nous irons parmi elles. Parmi les tantes, les passantes, j'en ai connu, j'en fréquente. Des douces, des calmes, des éternelles. Elles m'intimident. Des qui donnent, pas trop, en suffisance. Avec la lumière qui tombe sur leur visage comme le jour à midi. J'imagine que tous les hommes de la Terre finissent à leurs pieds.

Je ne suis ni des celles-ci, ni des autres.

Les hommes à mes pieds j'en trouve parfois. Je me dis qu'ils se sont perdus, qu'ayant pris pour le phare un poteau électrique, ils sont là. J'en profite un moment, j'attends qu'ils ouvrent les yeux et qu'ils s'en aillent. Je dois, ma foi, me haïr.

Il faudrait que je puisse dormir deux heures. J'appelle. Femme en vert m'apprenant que la pouponnière est pleine et qu'il est surtout 3 heures du mat. Ça doit être de ma faute. Mais vous m'aviez dit que.

Comment vous croyez qu'elles font les autres ?

Mieux, sûrement. Et si oui tout s'explique, ma mère avait raison.

Tu crois que je voulais une fille comme ça ?

– T'es agitée, estime la soignante, c'est pour ça qu'elle dort pas la petite, t'es sûre pour le Valium ?

La dame, Adèle, qui pense que tu n'as pas de bol n'est pas une infirmière : c'est encore la langue de ma mère dans un corps qui fait nombre.

– On dit si le bébé s'énerve donnez un calmant à la mère. C'est bête mais c'est vrai.

Elle repart, tu pleures. Je te reprends dans mes bras. Ça finira bien par marcher, sinon qu'attendrait, depuis deux mille ans, l'Enfant dans les bras de la Vierge ? Je la rappelle. Je demande le garde-corps autour de moi, je suis fatiguée, tu pourrais tomber.

– Mais non il va pas tomber. Elle, oui. Tu sais à cette heure-ci, il ou elle. Elle va pas tomber, pourquoi tu dis ça ?

La prochaine qui me demande pourquoi je dis ça, la prochaine qui me tutoie, je lui crache au visage.

– Tu prendrais le Valium, on en parlerait plus.

Débrouille-toi

Donc je travaille, je vieillis. J'essaie de m'installer. Des situations, des appartements, des solutions, des amours provisoires. Au moins suis-je à Paris, jurant de ne pas reculer, derrière moi c'est la tombe, j'ai commencé par là. Je dis « j'écrirai » mais j'ai des jobs, des occupations, un chauffage électrique toujours éteint, trop cher. Au téléphone, ma mère ne me pose aucune question. Elle ne sait pas ce que je deviens, pas vraiment ce que je fais. Je m'invente des misères pour qu'elle m'épargne, érige, à défaut d'amour, une communauté minimum de l'épreuve. Je dis que Paris est bien *l'enfer qu'on raconte*. Les hommes compliqués, la vie hors de prix, dure, mon corps fragile et sans vacances, le métro sans commentaires, l'air sans qualité, mon sommeil solitaire, dérangé. Or un jour, je tombe vraiment de haut. Une histoire ordinaire de harcèlement en entreprise, une femme qui veut ma perte et qui – note, ce n'était pas sorcier – l'obtient. L'insomnie, la dépression. J'appelle ma mère comme on se fait dessus. Je dis « aide-moi », ça arrive quand on coule, on appelle maman, on dit aide-moi, ça se fait, Adèle.

Moi : Ça va très mal.

Elle : *Comment oses-tu me dire ça à moi* ?

La femme au téléphone hurle que c'est elle qui souffre, elle. Mon père est parti, elle n'a jamais travaillé, ses enfants la négligent, est-ce que je peux en dire autant ?

Toi, tu crois pas que tu peux te débrouiller ?

Je raccroche et je coule tout à fait.

Je ne rappelle pas. Elle non plus. Un jour ça sonne, c'est elle, elle dit *bonjour maman, c'est Marie*. La langue se déchire toujours. Il faut attendre, c'est tout. Elle ne peut pas être ma mère parce qu'elle n'a pas fini d'être une fille.

C'est quelques jours plus tard, c'est un homme qui me veille et qui soupire :

Arrête d'en parler, fais-le, ton truc.

C'est-à-dire mon métier, le vrai, le souterrain. Je dis j'y vais, regarde-moi bien, j'y vais. Et j'écris à toute allure. Naissance de mon premier roman. Je publie un livre dans l'indifférence générale, les jalousies particulières et l'estime de mes proches. Je ne crois pas, comme dirait l'autre, que je suis née. Ce serait simple, je serais neuve. Délivrée de l'histoire, de ma mère et la mère de ma mère et sa mère à elle. Seuls les hommes pensent qu'un livre les engendre.

Comme aujourd'hui, je voudrais tant qu'elle dise quelque chose, autre chose. Je lui adresse un exemplaire et à croire que je n'apprends rien, j'appelle. Elle me parle d'elle et puis m'informe qu'elle tient à ma disposition l'exemplaire corrigé. Il a des fautes de syntaxe *des choses qui ne se disent pas comme ça*. Je murmure licence poétique. Elle insiste. *C'est pas poétique, c'est faux.*

Nul n'entend que moi sa voix qui toutes les nuits me tient debout, insomniaque.

Mauvaise fille.

Mauvaise élève.

Mauvaise mère.

J'écris pour qu'elle se taise.

L'année d'après, un prix pour un livre. Ça se fête, un prix, même un petit, et c'est le mois du beaujolais. Tournée. Quelqu'un me dit pour rire « t'as appelé ta mère ? ». Sans rire, je sors du bar et sur le trottoir, un peu saoule, j'appelle. Dans ma voix une joie d'enfant à la faire sortir de ses gonds : c'est moi qui l'ai eu ! La femme au téléphone : *Ils ne savaient pas à qui le donner.*

Elle ne dira pas, pas à nouveau, car elle l'a déjà dit.

L'écriture c'est quelque chose que je t'ai laissé.

Car elle devait écrire. Parmi toutes les choses *empêchées* par les autres, les hommes, le karma, elle avait des livres à faire. Et pour ne pas *me le prendre* elle se l'est interdit. Par un chemin insoupçonné, à nouveau, je lui dois.

À l'école déjà il fallait rendre grâce. Au moindre mérite, à la moindre image :

T'as dit que c'était grâce à ta mère ?

Tu sais que c'est grâce à ta mère ?

Ça, c'est pas grâce à ton père.

Que je n'obtienne rien de ce qu'elle n'a pas eu sans qu'elle en soit l'origine et la propriétaire. Je ferais n'importe quoi pour retrouver la trace de son amour, alors je lui porte chacun de mes triomphes. Pour qu'elle pardonne ma fierté de les posséder, je lui jure que ce sont les siennes, lui rends la part du lion, la peau de l'ours qu'elle s'en fasse un tapis. Je dis merci. Je dis c'est grâce à toi. Et je le crois, Adèle.

Puisque au fond c'est vrai.

Je lui dois tout, si je lui dois de lutter.

Même en vain, même trop tard.

Si elle ne lit qu'une phrase, que ce soit celle-là.

Depuis des heures, des années gouvernées par le papier. Je ne compte sur personne, sinon sur le mot d'après. Deux livres, trois livres. Des scénarios, des pages, des obsessions.

J'avance, pédalant dans le ciment, mais j'avance. J'ai bientôt 35 ans. Je risque encore pire que mourir : pourrir. Aller parmi les femmes de peu d'histoire, de peu d'avenir. Je rêve, folie particulière aux vilains petits canards, d'une existence qui est déjà la mienne. Le cygne dans la glace sera toujours le reflet d'une inconnue. Cette fille qui vit de sa plume c'est moi. Mais je n'y suis pas, encore embourbée dans ce pays sans lumière dont le peuple fantôme a les yeux derrière la tête et marche à reculons, criant pour qu'on m'y trouve. Le passé. Et c'est toi qui viens. Et tu m'exfiltres. Alors c'est pour ça que c'est si dur au début, parce qu'on émigre. Et la langue des femmes continue de labourer. *C'est rien c'est le baby-blues. Tu penseras à toi plus tard, maintenant t'as un bébé.*

Tandis que j'essaie de faire tenir notre histoire dans un système de signes, tu ne comprends pas ce qui t'arrive, Adèle, la souffrance de naître. Tu découvres, par la faim, le monde toutes les trois heures. Toutes les trois heures, le même effroi recommencé. Il n'y a rien à faire. Pour la première fois, le système de signes ne me sert à rien. J'ai enfin perdu la parole. Et dans ce corps surpris, troué, et toute ma science en vrac, je suis plus que jamais à ma place.

T'as rien gagné

Adèle, je n'ai pas encore parlé d'argent, j'évite le sujet. Parce que c'est mal, chez moi, c'est vulgaire, on dit *c'est comme la merde, l'argent, faut se baisser pour le prendre*. Non ce ne sont pas les femmes qui parlent ainsi, elles n'oseraient pas. Déjà en gagner, c'est limite.

C'est dommage, l'argent c'est utile. Ça va avec la joie, souvent la fête. Et surtout c'est rien, ça passe. Ça ne valait pas le coup d'en faire un problème. Enfin, trop tard.

Ma mère n'avait pas son argent à elle. Mon père *allait au bureau* comme on va à la chasse. Elle n'a parlé que de ça, de l'argent, des hommes qui n'en donnent pas, de la gloire qu'ils en tirent. Imméritée, illégitime, insupportable.

Et moi ce que j'ai fait ? Ça vaut rien ?

Elle parle de celles qui ont *leur salaire pour elles*, qui n'ont pas, comme elle, à *rendre compte*, comme on dit rendre gorge. L'argent, elle n'a pas parlé d'en gagner. Elle ne m'a pas parlé d'indépendance. *Je ne sais pas comment tu feras*. Elle ne m'a pas parlé d'avenir. Elle ne m'a pas dit que ça irait. Elle ne pouvait pas, privée de tant, presque de tout, le concevoir.

Crois pas que ça va être facile.

Ça sera plus facile que pour moi c'est sûr.

T'as déjà bien de la chance.

T'as déjà trop.

Elle ne parle que du manque, de la perte, du coût, du prix à payer.

Ça, c'est supprimé.

T'as voulu t'amuser, tu vas le payer.

Ils vont te le faire payer.

T'as pas intérêt.

T'as intérêt à ce que ça rentre. À coups de paires de claques s'il le faut,

T'as pas intérêt à nous ramener un garçon. T'attendras d'avoir ton appartement.

T'as pas intérêt et s'ensuit tout ce qui ressemble à la joie. Nous ramener un garçon, te coller du rouge sur les doigts de pied, te raser les jambes et le tour du maillot, nous ramener ta copine, maigrir, te maquiller, traîner, revenir avec une invitation. Je n'ai intérêt à rien. Il ne reste que la perte et la créance.

Attention.

Ainsi chacune de ses phrases commence pour s'achever sur la menace. *Tu vas le payer.* Puis reprend, sans répit, sans imagination.

Attention.

Tu vas te faire avoir.

Elle était terrifiée. Terrifiée, tu n'imagines pas, peut-être comme les premiers hommes face aux éléments. J'aurais tant voulu savoir pourquoi.

Fais gaffe.

T'as intérêt à faire gaffe.

T'as intérêt à regarder où tu mets les pieds.

Tu vas voir la facture, tiens.

La vie va te renvoyer la monnaie de ta pièce.

Le lexique de la dette recouvre tôt la langue d'une autre couche qui durcit avec le temps, avec moi. Je suis un croquis disparu dans un tableau. À force de tartines, de projections, de vernis, je ne devine plus quels contours j'avais au départ. Je ne sais pas encore qui je suis. Je suis l'épaisseur du désamour. Je suis sa croûte.

Je gratte.

Tu perds rien pour attendre.

Et réciproquement.

Et moi ? Tu crois qu'on m'a donné quelque chose ?

Je ne sais pas, je ne rends pas compte. Je suis désormais de celles qui prendront, qui se décident enfin à prendre. Ça passe ou ça casse.

Tu crois que tu le mérites ?

Ce qu'il a fallu de foi pour penser mériter, de femmes pour me dire que si, *ça irait*. Tard dans la vie d'adulte qui ce matin recommence pour moi, des femmes m'ont appris la vérité : je vaux quelque chose. Je leur dois tant, que c'en est ridicule. Voici, par ordre d'apparition, leurs initiales : C., A., O., B., S., M., F., S., C. Ça ne sert à rien, c'est crypté. C'est pour moi, pour la trace.

Je n'ai rien appris, Adèle, et je n'ai pas de trésor. Le capital pour moi n'est qu'un livre en allemand. Je n'ai rien pour nous. Ne m'en veux pas. Jusqu'à hier je pensais qu'il ne s'agissait que de survivre. Je n'ai rien pris. Tu comprends, il ne fallait pas. Je ne sais pas demander, pas reprendre, pas garder. Mais je voudrai quelque chose pour toi. Voici que le combat à venir a déjà un nom.

Tu seras pas la dernière

Je voudrais terminer. Te parler, Adèle, d'autres choses que de mes limites.

Attends, les femmes en vert ont quelque chose à ajouter.

– Vous vous sentez capable de vous en occuper ?

Celles qui ne m'ont pas toujours proposé un verre d'eau me proposent un prolongement de séjour *pour mon confort*. On pourra toujours me l'imposer sur avis médical. Elles disent que je ne saurai pas. Que je pleure trop, même ici on n'a jamais vu ça.

Laissez-moi passer. Je suis au rendez-vous et je viens de loin. Je suis passée par la route, vous savez bien. Par la honte d'être soi, par ma mère, par le froid autour d'elle, par les hommes, par la peur, par les machines, par cent fois la défaite, par cette fatigue impossible à décrire, par vos bras mécaniques, par cette chambre, par la nuit. C'est moi qui ai marché jusqu'au berceau. Elle ne tombera pas.

Au retour, vient encore quelque chose comme l'enfer. Il ne s'agit pas de claquer une porte en embarquant le reste des biberons « tout prêts », monter dans une 508, caler la poupée minuscule dans le siège-auto qu'une copine a prêté mais n'a pas eu le temps de nettoyer, moi non plus. Après, vient mon appartement qui sera désormais le nôtre, qui n'est plus assez grand, son odeur de papier d'Arménie désormais impossible, ma chambre désormais la tienne, un chat qui se révèle pour ce qu'il est. Incontinent, excédentaire. Après c'est encore les nuits blanches, démontées, la faiblesse immense à vouloir s'allonger par terre et d'un coup, la force immense, tirée d'on ne sait où, qui fait tenir debout, raide, et retomber. Et plus personne pour venir me bercer car *ce n'est plus ton tour.* Et si hier encore, je l'attendais. Il est passé.

Ne reste pas plantée là.

Tu te réveilles pour la millième fois. Je ne respire plus, je n'ai rien mangé. Mais qu'est-ce que je fous là. Ce qui m'arrive s'appelle le fond des âges.

T'es pas la première, tu seras pas la dernière.

Après, c'est les haïr encore pour ce qu'elles n'ont pas dit, comme si elles étaient à une vérité près. Nous laisser penser qu'il s'agirait de kilos à perdre, d'équipements, de lessives, qu'il s'agirait encore des hommes dont il faudrait faire le deuil, un an ou deux.

Qu'est-ce que t'aurais voulu savoir ? Tu vois bien que ça se vit, ça se dit pas.

Ça devrait pouvoir se dire, l'enfantement. Que c'est mourir, et après mourir, continuer à la fois sur Terre et dessous. Et puis revenir et ne plus en parler, ni de la force qu'il a fallu, qu'il faut, ni de soi.

Tu crois qu'elles font comment les autres ? T'oublieras.

Non. Parlant de mes misères à qui veut les entendre, je fais, au nom de l'information des masses, consciemment chier le monde. Je dis ce que c'est. La perte, le corps une dépouille, le cerveau une coquille, un étranger, le système des émotions écroulé autour d'une seule, qui gouverne : la trouille. Que l'enfant meure. Que plus rien, du temps, du sexe, du monde, de l'esprit, ne redevienne solide. Une peur à planter là le nourrisson de 3 semaines, pour aller se fourrer dans un terrier, un bar, le Mexique.

Ça ne se fait pas. Je passe avec complaisance pour la mère dépassée. Je m'en fous. À défaut de repères, on me trouve des étiquettes, ça fera l'affaire.

Elle est fragile Marie.

Elle est un peu dépressive.

Elle est paumée non ?

Elle était pas prête ?

Je sais bien moi, Adèle, que je suis une âme forte, d'ailleurs tu m'as choisie. Bingo.

Après, la fatigue m'a terrassée jusqu'à ce que j'obéisse. Je suis devenue ta mère. Elle est venue la merveille, avec l'obscur qui la précède. On le rencontre, l'enfant. Un jour, éblouie, on s'avoue : je suis finie, au sens d'achevée. Je n'ai jamais atteint, jamais, même en rêve, un pays plus beau, plus étranger. La colère de ces pages ne m'est plus familière. J'ignore aujourd'hui d'où arrivaient ces phrases tournées dans la sécheresse et la vérité. Mais c'est moi qui ai hurlé.

Après, il reste ma mère qui ne t'a pas encore rencontrée. Elle y consent tard, il a fallu insister, tu as bientôt 8 mois. Je pense à présent qu'elle avait peur. Elle vient trois jours, pas tout à fait. Ce qu'il advient, je doute de savoir le décrire.

Essayons. Elle est chez nous, tu apparais, nous passons toutes les trois une journée, puis deux. Je dis des choses pour meubler. Elle t'effleure une seconde, recule, elle te contemple et déjà c'est terminé : tu seras désormais pour elle une idée. Elle te conçoit en esprit, t'étreindre semble impossible comme si aucun enfant ne lui avait jamais été tendu. J'en suis bouleversée, je voudrais l'aider comme on aide les éclopés à traverser, à voir. Je sais pourtant qu'elle a besoin de ton amour neuf, ta douceur de coton. Elle parle, t'adresse des phrases réchauffées d'accueil sur terre, des conseils. Je vous laisse ensemble un moment. Elle ne te touchera pas, ou peu. Elle ne sait pas. Elle t'analyse. À quoi renvoient tes cris, à qui tes mains immenses. Elle ne sait pas jouer, elle te fixe et bientôt tu la lasses. *Je peux te faire quelque chose ? De la couture ? Il faut m'occuper.* Elle veut qu'on l'occupe et ce ne sera pas toi.

Je pense à un conte ancestral, *La jeune fille sans mains.* Une jeune fille qui, s'étant mutilé les bras pour dégoûter le diable de la prendre, ne pouvait rien serrer, rien tenir. Tard, avec l'amour et l'enfantement, ses mains repoussaient. Ma mère est devant toi, Adèle, la jeune fille à jamais sans mains. Alors je comprends et quelque chose de caché se dénoue, noué depuis trente ans. Vraiment, ce n'est pas une image.

J'ai senti se défaire les deux anneaux d'une chaîne entre la gorge et l'estomac et l'air venir par là. Une vie durant, je l'ai haïe de n'être plus ce qu'elle n'a jamais été. Une paire de bras, une chaude, une qui materne. Pourtant ça crevait les yeux. Et de la nuit de mon temps remonte, car c'est l'heure, la seule phrase qu'il ne fallait pas oublier.

Ta mère, elle n'était pas faite pour ça.

Ça c'est moi. C'est tout. Ce n'est pas un drame. Je me materne très bien toute seule. Parce que la mère, c'est moi.

Elle repart par le train. Avec elle, son énigme.

Tu fais ta vie, maintenant

Maintenant les mères de nos mères connaissent la terreur des mourants. On se promet de *dire quelque chose*. Et d'où on le sortirait, après des années à dire n'importe quoi ? Au chevet des derniers lits, je ne sais pas quoi dire qui ne siffle pas. Une phrase pour les apaiser. Je trouve Victor Hugo « dans vos cieux, au-delà de la sphère des nues, peut-être faites-vous des choses inconnues où la douleur de l'homme entre comme élément ». Ce n'est pas assez aimant, pas assez tiède. Le temps que je cherche elles auront fini de vivre. Je ne sais jamais quoi dire, puisque j'écris.

Ton arrière-grand-mère. Elle est étendue pour terminer sa vie, on dit qu'elle compte les lames du plafond. À son corps qui ne la porte plus, elle ne demande rien. Elle attend. Je te présente à elle.

Oui. Il est tout neuf.

Elle ne fait pas semblant. Je partage avec elle de dire les choses comme je les vois.

Un, c'est bien.

Mais on dit qu'il faut un garçon.

Ça a peut-être changé ?

Elle, elle allait à la naissance comme aux champs, neuf mois, revenait, a dû remercier la première fois, recommençait. Neuf mois.

J'étais toujours grosse d'un.

À l'époque on t'envoyait pas te reposer.

J'ai passé ma vie à faire la soupe.

Aux enfants, à la belle-mère, aux ouvriers. Encore avait-elle de la chance de s'asseoir à table et d'avoir son auto.

Le papi, il était pas mauvais.

Écoute, Adèle. L'histoire des femmes déliées est encore si courte. Tiens-la ferme, ta liberté.

Nous on n'avait pas la pilule mais toi tu peux faire ta vie.

T'es pas venue pour moi quand même ?

Qu'est-ce que tu fous à repasser par là ? Laisse ta mère où elle est, et crever ce qui doit crever. Elle murmure avec les yeux.

Je t'installe, comme on baptise, sur le lit qui sera son navire. Regarde, Adèle : elle, l'aïeule, c'est l'esclave. Ma mère, c'est la peur faite femme de devenir sa mère qui l'a coulée sur place. Moi c'est la même peur dont je fais quelque chose. Toi, va.

Tu tends la main vers la joue grise et tu caresses. Elle te sourit. Vos yeux sont bleus.

Allez c'est bien. N'en fais pas sept.

Dans cette chambre, quelque chose se prépare de tragique. Elle attend comme on attend les chars, les chevaux, quelque chose qu'on connaît mais qui vous emporte. Elle a les yeux qu'on a quand il ne s'agit pas de courir, mais de regarder venir. Je n'oublie pas qu'elle était belle et la ligne horizontale qui reliait ses yeux au néant. Je pourrai un soir parler aussi de ma mère, sa fille, comme ça, un peu doucement je crois. Il faut juste que le temps passe.

Je la quitte, à peu près sûre de ne pas la revoir. Je suis égoïste, parisienne, débordée, et sa vallée lointaine.

La mère de mon père, le verbe un instant clair par accident, aussi :

Tu fais ta vie maintenant.

Oui. Je poursuis loin d'ici un rêve bavard et frénétique, jusqu'au cœur des villes énormes qui vous effrayent, encore je vous entends parler. Et encore j'écoute. Le bruit de la neige est tout ce que j'entends, derrière vous. Après ? J'ai un enfant. Après ? Je suis debout. Prête à tomber, je saurai recevoir. Après ? Ce qui me tue n'est rien en regard de ce que j'espère.

Sur la photo nous voilà toutes. C'est l'aube, nous marchons à la file sur le chemin d'une même église. La mère, la mère de la mère, sa mère, traînant l'autre après soi comme la fierté ou l'affront, selon qu'elle marche droit, selon qu'elle se comporte, qu'elle fréquente, selon qu'elle gueule ou pas. L'une derrière l'autre. Sans se tenir vraiment. Je vous vois pauvres, *serrées dans des étoffes dont on fait les rideaux*, vous, vos phrases et vos silences plus arrogants que vos phrases, la plainte de vos hommes étouffée dans la tombe depuis longtemps. Moi qui ferme la marche, qui voudrais approcher la langue sans qu'elle résonne et vous dérange. Adèle, tu sais quoi ? Je suis moins fière. Je n'ai pas cette fermeté de statue. Elles marchent avec le poids sur la tête, ça leur fait cette nuque tirée par le haut que c'en est presque beau. Dans ce schéma de l'évolution, je suis la dernière et je suis courbée. Mais le poids glisse. Tu l'entends ? Je serai libre dans une heure. C'est une photo qui n'existe pas. Une image formée dans la nuit blanche, et tu n'es pas dessus.

Composition réalisée par Belle Page

Fayard s'engage pour l'environnement en réduisant l'empreinte carbone de ses livres. Celle de cet exemplaire est de :
0,500 kg éq. CO_2
Rendez-vous sur www.fayard-durable.fr

PAPIER À BASE DE FIBRES CERTIFIÉES

94 - 6302 - 6 / 01
Achevé d'imprimer en mai 2018
par La Nouvelle Imprimerie Laballery (Clamecy, France).
N° d'impression : 805057